小学館文庫

弟は僕のヒーロー

ジャコモ・マッツァリオール
関口英子 訳

小学館

弟は僕のヒーロー

主な登場人物

●マッツァリオール家の人々

ジャコモ……………………僕
ジョヴァンニ……………ダウン症のハンディキャップを持つ6歳下の弟
ダヴィデ……………………父
カティア……………………母
キアラ……………………… 2歳上の姉
アリーチェ………………… 3歳下の妹
　＊
フェデリカ………………母方の叔母。バンド〈ノースポール〉のベーシスト
ブルーナ……………………母方の祖母

●ジャコモの友達

アリアンナ………………憧れのガールフレンド
ヴィット……………………小学校時代からの親友
ピゾーネ……………………他人のことに干渉したがる同級生
ブルーネ……………………音楽仲間。本名ピエトロ
スカー………………………同じく音楽仲間。本名レオナルド

姉のキアラと、妹のアリーチェに
僕のスーパーヒーロー、ジョーに

CONTENTS

装画
ヨシタケシンスケ

装幀
アルビレオ

人は誰しも天才である。
ただし、木に登る能力で魚を評価すると、
魚は一生、自分はバカだと思いこんで生きていくことになる。

アルベルト・アインシュタイン

ひと粒の砂に世界を見いだし、
一輪の野の花に天国を見いだすには、
きみの手のひらに無限を握りしめ、
ひと時のうちに永遠を閉じこめよ。

ウィリアム・ブレイク「無垢の予兆」

そう、これはジョヴァンニの物語だ。

ジョヴァンニがアイスクリームを注文する。

「コーン？　それともカップ？」

「コーン」

「でも、コーン食べないんでしょ？」

「ダメ？　カップだって食べないじゃない」

ジョヴァンニは十三歳。眼鏡（めがね）の両脇からはみだしそうなほど口をにんまりさせて笑う。

ホームレスの人の帽子をとったかと思うと、走って逃げる。

恐竜と赤が大好き。

女の子と映画を観（み）に行って、帰ってくるなり宣言する。「ボク、結婚したんだよ」

ジョヴァンニは、広場の真ん中でストリートミュージシャンの奏でる音楽に合わせて、いきなり一人で踊りはじめる。すると、まわりにいた人たちの心がほぐれ、一人また一人と彼をまねて踊りだす。ジョヴァンニには広場を踊らせる力がある。

ジョヴァンニにとっての時間は、いつだって二十分で、二十分を超えることはない。誰かがヴァカンスで一か月留守にしたとしても、二十分いなかっただけだ。

ジョヴァンニはうっとうしくつきまとい、手をやかせることもある。

ジョヴァンニは毎日庭に出て、二人の姉のために花を摘む。冬で花が咲いていなければ、枯れ葉を見つけて持ってくる。

ジョヴァンニは僕の弟だ。だから、これは僕の物語でもある。僕はいま十九歳、名前はジャコモ。

1

「受胎告知」

まずは駐車場での出来事から話そうと思う。すべての始まりはあそこだった。日曜の午後にときどき見られるような、車が一台も駐（と）まっていない駐車場。どこへ行った帰りだったかは定かでない。お祖母（ばあ）ちゃんのうちだったようにも思う。けれど、あのときの感覚だけはなぜか記憶にくっきりと焼きついている。心地よい眠気と満腹感。母さんと父さんが前の席に座っていた。僕とアリーチェとキアラが後ろの席。太陽が木々の梢（こずえ）とたわむれ、僕は窓から外を眺めていた。いや、眺めようと努力していた。というのも、僕のうちの車は、フォルクスワーゲン（VW）・パサートのワインレッドだけど、バッグやらベビーカーやら無数の買い物袋やらをさんざん運ばされ、泥だらけの靴とかジェラートとかジュースとかの跡がつきまくっていて、窓から外の景色を楽しめるような状態ではなかった。VWパサートの外の世界は、どちらかというと想像でおぎなう部分のほうが大きかったのだ。ちょうど明け方、目が覚める直前に見る夢の世界のように。僕はその眺めがわりと嫌いじゃなかった。

あのとき僕は五歳、姉のキアラは七歳、妹のアリーチェは二歳だった。

とにかく、お祖母ちゃんのうちか、あるいは別のどこかからの帰り道で、その日も、いつもの日曜日とおなじパターン(シャワーを浴び、アニメを見ながらソファーでだらける)で終わるのだろうという予測をくつがえす要素はひとつもなかった。ところが、工場の空っぽの駐車場の前を通りかかったとき、いきなり父さんが、アクション映画の爆発を避けるシーンさながらに急ハンドルを切り、その駐車場に入っていった。車ががくんと揺れ、僕らはゆうに身体ひとつ分は跳ねあがった。母さんはドアの取っ手にしがみつき、父さんのほうを横目で見た。僕は、てっきり母さんがなにか言ってくれるものと思っていた。たとえば、ダヴィデ、いったいなにを考えてるのよ、とか。ところが、笑みを浮かべてつぶやいただけだった。

「家に着いてからでもよかったのに……」

父さんは、なにも聞こえなかったふりをした。

「どうしたの?」とキアラ。

「なにがあったの?」と僕。

「……?」とアリーチェの目。

母さんは奇妙な息づかいをしただけで、なにも答えなかった。父さんも無言だった。

車は、まるでスペースを探しまわるかのように、駐車場の中を走っていた。空いているスペースなんて、かるく二千五百台分ぐらいはあったというのに。だだっぴろい場所に、駐まっている車はといえば、奥のほうの木の下あたりにあるライトバン一台だけだった。ボンネットの上で猫が二匹眠っている。父さんはしばらくうろついたあげく、特別なスペースを見つけた。そこには、ほかと異なるなにかがあったにちがいない。だって、いきなりブレーキをかけ、巧みにバックすると、ラインにぴったり合わせて停めたのだから。それからエンジンを切り、窓を開けた。苔の匂いをまとった謎めいた静けさが、車内に忍びこんできた。ライトバンの上の猫のうちの一匹が目を開け、あくびをし、警戒のポーズをとった。

「なんで停まったの?」とキアラが訊いた。それから、気味悪そうにあたりを見まわして、つけ加えた。「こんなところに」

「車が故障したとか?」と僕。

「……?」アリーチェは目で尋ねた。

父さんと母さんは深呼吸をし、なんとも解釈しがたい不思議な眼差しでお互いを見やった。二人のあいだには奇妙なエネルギーが行き交っていた。たとえるならば、きらきら輝く紙吹雪の川みたいな。

キアラが二人のあいだに身を乗り出し、サクランボのように真ん丸の目で催促した。

「答えてよ」

一羽のカラスがアスファルトの上に舞いおりた。父さんはそれを観察してから、シートベルトを外し、僕らのほうに身体を向けた。脇腹にハンドルがめりこんだ。母さんもおなじような姿勢をとり、作り笑いを浮かべた。僕は息をのんだ。なにがなんだかさっぱりわからず、両親のすることを見ていた。内心、ちょっと不安になってもいた。この奇妙な態度はいったいなんなわけ？

「カティア、君が話してくれ」と、父さんが口火を切った。

母さんは唇をかすかに開けたものの、そこからはひとつの言葉も出てこなかった。

父さんが、勇気づけるようにうなずく。

すると母さんは、大きく息を吸って言った。

「これで2対2よ」

父さんが僕の目をじっと見た。ほらな、とその目が言っている。とうとうやったぞ！

僕はまず、父さんの顔を見て、それから母さんの顔を見た。いったいなにを言おうとしてるんだ、と心の中で叫びながら。

すると、母さんが自分のお腹（なか）に手をやり、父さんも前かがみになってその上に手を重ねた。そのとたん、キアラが口に手をあて、黄色い声をあげた。

「信じられない！」

「なんのこと？」僕は、自分だけが理解できないことにますます焦りを感じていた。

「なにが信じられないの？」

「ママたち、妊娠したの？」キアラが両手をあげ、げんこつでどたどた、車の天井をたたきながらわめいた。

「まあ、厳密に言うならば……」と父さんが言った。「妊娠しているのはママだけだ」

　僕は鼻をすすって考えた。ママがニンシンした？　どういうことだ？　やがて、僕の頭にしだいに光が射してきて、スケボーみたいに坂を一気に滑りおり、土埃や枯れ葉を吹き飛ばしてくれた。これで2対2よ、と母さんは言った。2対2。妊娠。ということは男の子。弟だ。男二人に、女二人。2対2。

「2対2なの？」と僕は叫んだ。「2対2なんだね！」ドアを勢いよく開けて車から降りると、地面に膝をついて拳を握りしめ、オーバーヘッドでゴールを決めたばかりのサッカー選手みたいにガッツポーズをした。ぱっと立ちあがり、独楽のようにくるくると回転した。次いで、とても正気とは思えない猛ダッシュで車のまわりを一周して、運転席のところまで行くと、窓から上半身を入れて父さんに抱きつこうとしたのだけど、背が低すぎて、耳たぶを引っぱることしかできなかった。思いっきり引っぱったものだから、父さんはきっと痛かっただろうと一瞬心配になった。それからまた車に乗って、ドアを閉めた。息ができないくらい嬉しかった。

「弟ができるんだよね？」僕はぜいぜい言っていた。「本当に弟ができるの？いつ生まれるの？名前はどうするの？どこで寝るの？バスケットのチームに入れてもいい？」

ところが、誰も僕の言うことなんて聞いてやしなかった。キアラは母さんに抱きつこうとシフトレバーの上から身を乗り出していたし、アリーチェは手をたたいていたし、父さんはようやく緊張がとけたらしく、まるでダンスをしているみたいに肩を小刻みに揺らしていた。あのときあの瞬間、もし僕のうちの車に電灯のコンセントを差しこんだとしたら、地球全体を照らせるほど明るく輝いたにちがいない。

「ねえ……本当に男の子なの？」話を聞いてもらいたくて、僕は声を張りあげた。

「ああ、男の子だ」父さんはうなずいた。

「ぜったい？」

「間違いない」

たしかにキアラは最高に幸せそうだった。もちろん、アリーチェも。でも、誰よりも幸せだったのは確実にこの僕だ。新たな時代が幕を開けようとしていた。新しい世界秩序の到来だ。僕と父さんは、もう少数派じゃない。これって、とてつもなくすごいことだ。男三人対女三人。平等。これからは、リモコンの主導権争いで不公平な多数決を強いられることもないし、ショッピングで無駄な時間に付き合わされることもない。どこの海に行くか、なにを食べるか、あっさり決められてしまうのはこりごりだった。

それに……。

「車も小さすぎるね」僕は言った。「新しいのを買わなきゃ」

キアラが目を思いっきり見ひらいた。

「そっか、だから引っ越すのね！」

両親は少し前に庭付き一戸建ての住宅を買って、リフォームを始めていた。そういうことだったのか。

僕は言った。

「新しい車、青がいいな」

「あたしは赤」とキアラ。

「青だよ！」

「赤！」

「……！」アリーチェは目で訴えると、僕たちが盛りあがっているのにつられたのか、わかってもいないくせに手をたたいた。

太陽はどろっとした卵の黄身みたいに溶け出しそうだった。猫はライトバンから飛びおり、鳥の群れはいっせいに木々から飛び立つと、壮大なスケールの図形を描きながら空を舞っていた。

「名前はどうするの?」

最初にこの質問をしたのは僕だった。母さんに髪をドライヤーで乾かしてもらっているときのことだ。

「ペトローニオ!」リビングでヘーゼルナッツをつまんでいた父さんが、声を張りあげた。

「マウリーリオは?」僕は言い返した。

なぜか知らないけれど、マウリーリオという名前を聞くたびに、僕はぷっと吹き出してしまう。たとえ弟のことがあんまり好きになれなかったとしても(兄弟に対する好き度は前もって決められるわけじゃないから、そういうことだってあり得る)、マウリーリオなら、弟の名前を呼ぶだけでなんだか楽しい気分になれる気がしたからだ。

「そんなのあり得ない」キアラが言った。「男の子だったらピエトロ、女の子だったらアンジェラよ」

「キアラ……」僕は辛抱強く息を吐いた。

「なに?」

「男の子だって言ってたよね」

キアラはふくれっ面(つら)をして、聞こえなかったふりをした。

僕には自分が正しいという確信があった。女子チームは、男子チームと引き分けになるのがあまり嬉しくなくて、しぶとく逆転の可能性を狙っているのかもしれない。

「だったらピエトロ」キアラがもう一度言った。

でも、ピエトロという名前は、ほかの誰もが気に入らなかった。マルチェッロも、ファブリツィオも、アルベルトもボツ。マウリーリオがダメならレーモはどう？って提案してみたけれど、それも却下された。両方のお祖父ちゃんの名前や、おじさんたちの名前もみんなダメ。遠い親戚の名前もやっぱりダメだった。俳優や歌手の名前も「ボツ！」。こうして、この件は保留となった。僕はどうしてもぴったりの名前を選びたかった。なんといっても僕の弟の名前になるんだ。それと、名字のマッツァリオールに合う名前じゃないといけない。マッツァリオールというのは、ここヴェネト州では、自然を大切にしない人をこらしめる、とんがり帽子をかぶって赤い服を着た妖精の名前なんだ。冬の夜、干し草置き場でおじいちゃんおばあちゃんが聞かせてくれる物語に登場するような、そんな妖精。

だけど……。五年という豊富な人生経験を総動員しながら、僕は考えた。一人の人間を決定づけるのは名前だけじゃない。いまの自分を自分たらしめるもの、そしてこれからの自分を自分らしくするものは、ほかにもあるはずだ、と。そう、たとえばおもちゃとか。そこで、喜びを抑えきれなかったし、なにか役に立ちたいと思っていた僕は、翌日、生まれてくる弟のためのプレゼントを買いたいから、一緒に来てと父さんに頼んだ。僕からの歓迎の証(あか)しとして、ぬいぐるみをあげるんだって決めていたのだ。父さんも母さんも反対しなかった。むしろ母さんは、僕が父さんと出掛けることが少なからず嬉しいようだった。弟が生まれるというニュースを聞いてからというもの、僕はずっと喋(しゃべ)りっぱなしで、少しも黙っていなかったからだ。こうして僕は、父さんと二人でお気に入りの店に行った。古くからあるおもちゃ屋さんなのだけれど、僕は、古いお店のなかで唯一新しい物のにおいがするそのお店が好きだった。

とっておきのぬいぐるみを探すんだ。僕はそう考えていた。弟がそれを見たとき、まるで自分の姿を鏡で見たような気分になる、そんなぬいぐるみ。僕はこれまで、両親に、物を買うときにはきちんと値段を見るようにと教えられていた。お金は道端でいくらでも拾えるという類(たぐい)のものではないからだ。だけど、そのときばかりは特別だから、たぶんいいだろうと思った。いつもより多少高めのを買ってもきっと構わない。そう、十ユーロを超えるようなものでも。それって大金だよね、と思う一方で、僕の弟には、十ユーロ以上するぬいぐるみを持つ権利があるはずだという考えが勝(まさ)った。

ぬいぐるみの棚に行き、精神を集中させて動物たちを見た。うさぎ、猫、子犬……。なんか違うぞ。僕は思った。うさぎで遊ぶようなタイプじゃない。それより、弟は、ライオンとか、サイとか、トラで遊ぶタイプだ。待てよ……。

次の瞬間、向こうから僕の目に飛びこんできたものがあった。

「あいつだ」僕は指で父さんに差し示した。

「なんなんだい？」父さんは、それを手でつかみながら訊いた。

僕は、父さんの無知さかげんに、あきれて溜め息をつき、天を仰いだ。「チーターだよ」と口では答えながらも、内心こう思っていた。まったく、大人のくせにチーターも知らないなんて、どういうつもりなんだろう。

「本当にこれでいいのか？」

「完璧」僕は答えた。じっさい完璧だったんだ。チーター。動物のなかでいちばん身のこなしがしなやかで、素早い。おまけに威厳があって気高い。僕は早くも想像していた。弟がチーターだったら、と。僕らは階段で鬼ごっこをして、ベッドの上で待ち伏せをして、どっちが先にお風呂に入るかで取っ組み合いの喧嘩をする。そして、なにより肝心なのは、同盟を結ぶんだ。僕と弟で、DVDプレーヤーを買うために、チョコクッキーを食べるために、バスケットのコートをとるために、力を合わせて戦う。僕と弟とで、世界の征服を目指すんだ。

その日、僕は〈チーター〉と一緒にどんなことができるだろうと思いめぐらしながら、夜を過ごした。そこらじゅうにポスターを貼りまくった部屋や、落書きのある壁を想像した。僕は生涯ずっと、弟より六歳年が上だ。なにをするのも、僕のほうが六年早い。だから、弟には僕がいろいろなことを教えてやらないといけない。たとえば自転車の乗り方。それだけじゃない。女の子との付き合い方もだ。まだある。木登りだって教えるんだ。

僕らマッツァリオール家の人間は、代々、並外れた木登りの名人だ。

それから何週間かして、父さんが未来の我が家の工事現場を見にいくと言ったとき、僕も一緒に連れていってほしいと頼んだ。そして、春のあいだずっと、お昼ご飯や夕飯のたびにこつこつと溜めこんだ果物の種が入った缶を持っていった。果物の種をとっておいて土に埋めれば、木が生えてくるって誰かから教わったんだ。それで僕は、みんなのお皿から種を必死に集めまくり、その日、集めた種を全部、持っていった。ものすごくたくさんあった。

父さんが職人たちと話しているあいだ、僕はみんなの目を盗んで、家をぐるりとまわって庭になるべき場所に出ると、缶のふたを開けて種を雨のように降らせた。それから、土をかけ、靴で踏み、種を芽吹かせるためにすべきだと思えることをいろいろやってみた。その後、もと来た場所に戻って、車の後部座席にもぐりこむと、父さんが来るのを待った。

ところがだ。

すぐに、あまりにたくさんの種をかためて埋めすぎたのではないかというおそろしい不安が頭をもたげた。そのうちに何本もの木が互いに絡み合って生長し、家の壁に迫り、中にまで入ってきて、しまいにはジャングルで暮らすみたいなことになったらどうしよう。

用事を終わらせて車に戻ってきた父さんは、エンジンをかけると、バックミラー越しに僕を見た。そして眉をひそめて訊いた。

「なにか問題でもあるのか？」

いつだって父さんは、僕のしでかす厄介ごとに第六感のようなものが働くんだ。

でも、そのときにはもう、僕の頭の中の「木の枝に侵食されて崩れた壁」の映像は、「おとぎ話に登場するジャングルの家――というか、ツリーハウス――に住む、僕と〈チーター〉」の映像に置き換わっていた。

「ううん、べつに」と僕は答えた。「なんでもないよ」

僕は両手に握った汗を太ももでぬぐい、父さんはギアを入れて車を出した。

その晩、僕はこのツリーハウスの映像をひきずったままベッドに入り、夜が明けるまでずっと一緒だった。

そんなある日、弟の名前が見つかった。しかもスーパーで。どうしてスーパー？と訊かれても、まあそんなものだろうとしか答えられない。

その日、僕らは家族五人で一緒に買い物をしていた。カートを押して陳列棚のあいだをうろつく。果物、シリアル、洗剤……。店内に流れる南国風のBGMにつられたキアラと僕が、テレビで見たフラダンスを見よう見まねで踊っているあいだ、父さんは母さんの目を盗んで、チョコレートバーやアーモンドやバタークッキーをカートに紛れこませていた。

「ジャコモ・ジュニアはダメかな？」僕は、踊るのを中断して言った。

「なんのこと？」と母さん。

「だから……弟の名前だよ。ジャコモ・ジュニア。だって僕はお兄ちゃんなんだ。だから、それくらいの権利はあるでしょ？」

「ダメ」

「ダメってどうして？」

「外国語の名前はお断りよ」

「ジャコモは外国語じゃないよ」

母さんは天井を見あげた。

「それなら、ジャコモ・セコンド（二世）とかは？　ジャコモ・ピッコロ（小さい）。ジャコモ・

ジョーヴァネ（若い）でもいいや」

「いいかげんにしてちょうだい」

「せめてGで始まる名前にしてよ。Gで始まる名前ならいいでしょ？　とにかく、僕たちが兄弟だってわかる名前がいいんだ。僕なりの愛情の印ってわけさ……」僕は胸もとで両手を組み合わせ、子犬のようにつぶらな瞳をし、いかにも哀れっぽく口をすぼめて、できるかぎりの表情をつくろった。すると、キアラがカートにへどを吐くまねをした。

「グアルティエーロとかは？　ジャンカルロ、ガストーネ、ジルベルト、ジュゼッペ、ジローラモ……」

「どれも最低」とキアラ。

「そうねえ……」と母さん。

「だったらゲパルド（チーター）がいいよ！　ゲパルドって名前にしよう」

　けれど、そのときにはもう、二人は僕の言うことなんて聞いていなくて、父さんはどこへ消えちゃったのかと話していた。父さんはたいていスーパーに来ると、僕たちが別のことに気をとられている隙に、試食コーナーへ行って、いかにも買いそうな素振りをしながら、トレーに並んでいる試食品を食べつくしてしまうのだ。遭難者だってそんなにはがっつかないだろうというくらいに。

チーズ売り場まで来た。僕は汗ばんできた。このままではみんなの意見がまとまらずに投げ出してしまい、弟には名前をつけない、なんてことになりかねない。そう考えたら怖くなった。名前のない子。先生たちからは「あの子」と呼ばれ、友だちからは「ほら、あいつだよ」、未来の雇い主からは「そこの彼」とか、「おい、きみ」などと呼ばれる。

「ねえ、あなたたち、チーズはどっちがいい？　モッツァレラ、それともストラッキーノ？」母さんの尋ねる声がした。

「ノンノ・ナンニのストラッキーノがいいな」キアラが答えた。

　そのときだ。

「ジョヴァンニ！」と僕は大声で叫んだ。母さんとキアラがほとんど同時に僕を見た。

「僕の弟はジョーだ！」

　母さんは鼻をしかめた。

「ちがうよ。英語のJoe（ジョー）じゃなくて、Giovanni（ジョヴァンニ）を短くしたGio（ジョー）だよ。Gで始まるだろ？　ジョヴァンニ。僕の弟の名前だ。どう思う？」

「ジョヴァンニなら、悪くないんじゃない？」とキアラが言った。僕に言わせると、さっきチーズを選ばせてあげたから、その分、ゆずって賛成してくれただけなんだろうけれど。

「そうね、わたしも賛成」母さんもうなずいた。その顔はまるで、いままでどうして思いつかなかったのかしらと言っているようだった。

こうして、プロヴォラやらロビオラやらいろいろな種類のチーズに囲まれた、BGMの流れるスーパーで、父さんは食べ物を探しに行って消息不明のまま、〈チーター〉の名前が決まった。ストラッキーノの中に、幸運(ラッキー)が隠れていたというわけだ。

ここまで来たら、もうほとんどすることはない。弟の天性を啓示するぬいぐるみのチーターを買った。そして名前も決めた。ほかにすることがあるだろうか？　なにも思いつかなかった。ひたすら待つだけだ。母さんのお腹はしだいに大きくなり、家も立派になっていった。庭はまだジャングルになっていなかったけれど、木が大きく育つ時間はいくらだってある。僕は、この世界には素晴らしいことがまだまだたくさんあると思っていた。

ところが……。

ところがある日曜日——またしても日曜日だった——どこへ行った帰りだったのかは憶(おぼ)えていない。もしかすると、例によってお祖母ちゃんのうちからの帰りだったのかもしれない。またしても空っぽの駐車場の前を通りかかったとき、父さんが急ハンドルを切って中に入り、このあいだとおなじように駐車スペースを探しはじめた。VWパサートにも、これからしようとしている新しい報告にもぴったりの特別なスペースを。

「また?」とキアラ。

「また?」と僕。

「……?」とアリーチェの目。

その瞬間、僕は思った。きっと双子が生まれてくるとか言うんだぞ。それとも……。僕は目を見ひらいた。……いやいや、まさかそれはないだろう……。最適なスペースを見つけた父さんは、巧みにバックをすると、エンジンを止めてシートベルトを外した。母さんもシートベルトを外した。二人がなにか言いだすよりも先に、僕は懇願した。

「いやだ。お願いだから勘違いだったなんて言わないで。女の子なんて僕はごめんだからね!」

「そうじゃないの」母さんがとっておきの笑顔で言ったので、僕は気をとりなおした。

「間違いじゃない」

僕はほっと安堵(あんど)の息をついた。それならなにを言われようと構わない。たとえどんなことだろうと。

「だったらどうして、またこの駐車場に来たの？」とキアラ。

母さんと父さんは、このあいだの時とおなじように——といっても、前と完全におなじではなかった——お互いの顔を見つめていた。二人のあいだには、また紙吹雪の川が流れはじめたけれど、このあいだとは少し色合いの異なる紙吹雪だった。まるで、みんなであのシーンを再現しているみたいな……。撮影監督が言う。オーケー、悪くない。だけどもっと感情をこめて。分かるかな？　生きている証しが欲しいんだ。ホンモノの命があふれ出るように。怒りと悲しみ。過去と未来。暑さと寒さ。そういったものすべてを演技にこめてくれ。どんなものにでも相対する感情があるだろう。

よーい、アクション！

そうして僕らはそこにいた。

錆びついたライトバンはもう駐まってはいなかった。その代わりに、シートでおおわれた青のトレーラーが一台。あたりには一匹の猫もいない。ただ、二羽のカラスがかくれんぼをしているだけだった。それは、ある夏の日のことで、小麦粉みたいな雲の層の向こうから陽光が射し、木々の枝では葉っぱが小刻みに震えていた。そのとき、一台の車が通りすぎた。ボリューム全開のカーステから、重低音がずんずん響いてくる。母さんは、音楽が聞こえなくなるのを待ってから口をひらいた。

「あなたたちに話があるの……。弟のことでね」

父さんが母さんの手を握りしめた。

「あなたたちの弟は……」と母さんは言って、また間をおいた。「あのね、あなたたちの弟は……特別なの」

僕とキアラ姉さんは目だけを動かしながら、お互いの表情をうかがった。

「特別？」とキアラ。

「どういう意味で特別なの？」と僕が尋ねた。

「つまりね」父さんが言葉をついだ。「みんなとは少し……違うってことなんだ。なにより人なつっこい。とっても人なつこいんだ。ものすごくね。それから、よく笑うし、優しい。それにおっとりしてる。彼なりの……そう、彼なりのテンポがあるって言ったらいいのかな」

僕は片方の眉をつりあげた。

「彼なりのテンポ？」

「わたしたちにもまだわからない、特別なことがいろいろあるの」母さんが微笑んだ。

「ということは、いい知らせってわけね？」キアラが念を押した。

「いい知らせなだけじゃない」父さんが真剣な口調で言いながら、なんだかおどけた表情で眉間にしわを寄せた。すると車が、まるで僕らと一緒に呼吸しているみたいに、膨らんだり凹んだりしはじめた。「もっとずっとすごくて、してやられたって感じの知らせだよ」そう言うと、父さんは前に向きなおって、ラジオのスイッチを入れた。

そのときだ。

僕をなによりも驚かせたのは、ラジオだった。その日の一連の出来事のなかで、もっとも強烈に僕の脳裏に焼きついている。父さんはふだんあまり音楽を聴く人じゃなかったが、ブルース・スプリングスティーンは格別だった。父さんに訊くと、こんな答えが返ってくるはずだ。生について、死について、愛について、人生における諸々(もろもろ)の選択について、僕らが言うべきことはことごとくスプリングスティーンの歌詞に書かれている、と。

父さんがラジオをつけると、スピーカーからハーモニカの引っかくような音色が響いてきて、車じゅうに哀愁がただよった。スプリングスティーンの歌声が続く。「ザ・リバー」だ。僕は歌詞の意味なんてちっともわからなかったけれど――当時は、その曲が「ザ・リバー」だということすら知らなかった――、でも、わからないなりに、ほとばしる感情に押し流されるのを感じた。なぜか、みんなをハグしたい気分になったのを鮮明に憶えている。おそらく、目には見えない形だったものの、気持ちとしては本当にハグをしていたんだと思う。僕を産んでくれた母さんを。僕の父親でいてくれる父さんを。それに、姉さんと妹も……理由はともあれ、キアラもアリーチェもハグしたい気分だった。

なにかとてつもないことが起ころうとしていた。

その晩、僕は超能力を持つ〈チーター少年〉の夢を見た。父さんたちが特別だと言うからには、きっと弟には超能力が備わっているにちがいない。うわお。夢の中で僕は思っていた。僕の弟は空を飛べる。僕の弟はまだ三歳なのにむちゃくちゃ足が速く、ボディビルダー顔負けの上腕二頭筋に、ラグビー選手並みの肩をしている。火事で逃げおくれた僕を、火の海に飛びこんで、助けてくれるんだ。四年生――厳密に言うと、四年B組――の不良グループにからまれている僕を、弟は壁を突き破って助けに来る。素手で壁を破っても、アダマンチウム合金（知らない人のために言っておくと、『Xーメン』のスーパーヒーロー、ウルヴァリンみたいなやつ）を骨格に組み入れているかのように、かすり傷ひとつ負わない。僕がクマに八つ裂きにされかかっていると、弟がびゅんと飛んできて、僕のことを軽々と持ちあげ、安全なところまで運んでくれる。それからステーキを持ってクマのところに戻っていき、クマも満足させてあげる。僕の弟はビームであり、原子(アトム)であり、予測不能だ。弾丸をみごとにかわし、胸にあたった矢をはね返す。それだけじゃない。アメリカの大統領を救いに行く途中だって、木に登って下りてこられなくなった猫を助けてあげるし、沈みかかった折り紙の舟を浮かばせるために、川に飛びこむ。マンホールに落ちてしまったミニカーだって拾う。そう。

弟は特別なんだ。ぴっちりとしたボディスーツに、胸には特別の頭文字のS。まだたったの三歳。髪はジェルで固め、バンビのようなくりっとした目に、レスラーのように割れた腹筋。弟は余計なことは言わず、ひたすら実行する……。日が経つにつれ、僕の頭の中では、「特別」という言葉にいくつものニュアンスが加わっていった。そのたびに、おなじひとつの疑問にたどりつくのだった。いったいぜんたい、どうして弟は特別な存在として生まれてくるんだろう。僕はそれを知りたくてうずうずしていた。

「ママ？」

「ここよ」

僕はノートを抱えてキッチンに行った。キアラ姉さんに手伝ってもらって、いくつかの質問を書いておいたのだ。キッチンには僕と母さんしかいなかった。どこへ行ったのかは憶えていないけれど、その日はキアラもアリーチェも留守だった。母さんはトマトを切っていた。そしてそれを透明な器に入れ、パンの籠をとって食卓に並べた。ラジオからは、子どもっぽい陽気な音楽が流れていた。

「どうしたの？」

「あのね……ジョヴァンニがお腹にいるってわかる前、なにを食べた？」

冷蔵庫を開けようとしていた母さんは、ドアに手をやったままの姿勢で固まった。

「いまなんて？」

そこへ父さんが入ってきた。

「どうしたんだい」母さんのそばまで行くと、後ろからやさしく抱きしめ、頬にキスをした。「食事の時間？　ジャコモ、それはなんのノート？」

「質問だよ」

「なんの質問？」

「僕の弟について」

「弟？」

「弟の特別な力のこと」

「なにが知りたいんだい？」

「なんでか」

「なんでかって、なにが？」

「なんで特別な力を持ってるのか」

父さんはうむむとうなると、腕を後ろにまわして肩を鳴らした。ぽきぽきっと枯れ枝が折れるような音がした。

「まあ、気持ちはわかる。で、どんな質問なんだい？」

「えっと……」僕はノートに目をやった。「ジョヴァンニがお腹にいるってわかる前に、なにを食べたのか、ママに訊いてるとこ」

「もっともな質問だ」父さんは母さんのほうに向きなおった。「ジョヴァンニがお腹にいるってわかる前、なにを食べたんだい？」

母さんは頭をかいた。

「憶えてないなあ。たしかパスタだったと思うけど。それと、たぶんチコリ」

僕はうなずいて、ノートに書きとめるふりをした。小学校にあがる一年前のことだから、まだちゃんとは字が書けなかった。

「それとパパは……」こんどは父さんのことを指差した。「体重何キロ？」

「八十キロ」

「とぼけたこと言わないで」母さんがぷっと吹き出した。

「八十キロだよ」父さんは真顔で繰り返した。

「ママからジョーのことを聞いたとき、どこにいたの？」

「パパとママの部屋だ」

「パパたちの部屋だね。なるほど。ママ、最近はどんな本を読んだ？」

「最近読んだのは小説で、主人公は……」

「あ、そこまででいい。ハッピーエンド?」

「うん」

「やっぱりね」僕は頭を大げさに動かしてうなずくと、質問のわきに×印をつけていった。

母さんはサラダの入った器をとって銘々の皿によそった。

「食べはじめてもいいかしら?」

「あとひとつだけ。いちばん大事な質問なんだ。最近、ランニングをしに行った?」

「ジャコモ、なに言ってるの。こんなお腹でランニングができると思う?」

「散歩は?」

「行った」

「誰と?」

「フランチェスカ」

「アントニオのママ?」

「そう、アントニオのママよ」

僕は目をむいた。

「アントニオのママと散歩に行ったの?」

「そうよ。どうして……」

「アントニオのママ、最近、赤ちゃんが生まれたばっかりだったよね？」

「そうね」

「アントニオのうちはみんな髪の色も目の色も黒なのに、一人だけ青い目の金髪に生まれてきた赤ちゃんでしょ？」

「そう」

「そのわけなら、パパが説明してあげよう……」父さんがいたずらっぽく眉をアーチ形に曲げ、唇の片端に奇妙な笑みを浮かべた。

母さんが射殺しそうな剣幕で父さんをにらみつけたけれど、そのときにはもう、僕の関心は二人には向いていなかった。偶然の一致のはずがない。ママはみんなとは違う赤ちゃんを産んだばかりの人と散歩に行った。どう考えてもジョヴァンニの超能力と関係があるにちがいない。もしかすると、散歩しながら、ママどうしでなにかをこっそり伝達し合っていたのかもしれない。それとも、お喋りしながらかな。いや、目を合わせるだけで伝わるってこともあり得るぞ。動きとか、スピードの問題なのかもしれない。そうじゃなければ場所や季節？　僕の頭の中は、小さな球がいくつも飛び交うピンボール台みたいだった。球の数とおなじだけの考えが迷走していた。僕は自分の席に座って食べはじめた。サラダを二回お代わりしながらも、目は、時間も空間も飛び越えて、すべてのものから遠く離れた一点をじっと見つめたままだった。人生というものは本当に謎だらけだ。

夜になると僕は、目を開けていても閉じていても、包みの中に入っている弟を夢想した。きれいな包み紙に、きちんとリボンが結ばれて、プレゼント用に包装されている。ソファーに腰掛けた僕の膝の上に、そんな包みがのっている。まさに最高の瞬間だ。プレゼントはもう手の中にあるけれど、まだ開けてはいない。可能性は無限大だ。ただし、ひとたび包みを開けてしまったら、中身はもうそこに入っているものでしかない。気に入れば万々歳だけど、気に入らなくてもそれまでだ。だから、まだ開けていない包みが手の中にあって、感触をさぐったり、重さを確かめたりしながら、中身がなんだか当ててみようとしている（けど、わからない）ときこそ、至福の時間なのだ。ときには、そのまま包みを開けないほうがいいんじゃないかとさえ思えてくる。そのままあれこれ夢を見続けるほうが幸せかもしれない。

でも、そういうわけにはいかない。

それに結局のところ、包みを開けて謎と向き合う行為には、かけがえのない喜びがあるものだ。

昼間、僕は母さんの大きなお腹を眺めては、あの中に弟のジョヴァンニがいるんだって考えていた。僕はこれからずっと、弟のことを「ジョー」って呼ぼう。喧嘩をしているときも、一緒になにかをたくらんでいるときも、お昼ご飯ができたよって呼ぶときも、手を貸してもらいたくなったときも。みんなが、僕の弟のことを、まるでジミ・ヘンドリックスの歌みたいに、「おい（ヘイ）、ジョー！」と呼ぶんだ。きっと弟はみんなから何度も何度も呼ばれることだろう。一緒にいると楽しくなるタイプに決まっている。

僕は母さんの大きなお腹を触りながら、その匂いをかいだり、ぎゅっと引き伸ばされている皮膚のしわの底まで見えるくらい極端に目を近づけたりした。耳を押し当てて、内側からお腹を蹴る音が聞こえてくるのを待った。

そうこうしているうちに、僕を——いや、僕ら家族を——とりまく世界が少しずつ変わっていった。新しい家に、新しい車、おまけに父さんは職場まで変えた。ジョヴァンニが、新しいことを次から次へと引き連れてきたのだ。彼は火花のような存在で、いまにも僕らに引火しそうだった。

新しい家は庭付きの一戸建てで、僕は、その庭からいつジャングルが芽吹くのか気が気でなく、いつも目を光らせていた。新しい家に引っ越したのは、十月の初め。引っ越したその日、僕は新しい家の部屋を一つひとつまわって歩いた。二階に並ぶ寝室、バスルーム、キッチン、そしてリビング。壁という壁を指でなでてみた。それから地下室へ下りていき、暖炉をのぞいた。木とペンキのにおいがした。

僕は段ボール箱からぬいぐるみのチーターを探し出して、真っ先に安全なたんすにしまった。

新しい家は僕たちの暮らしで満たされはじめ、木とペンキのにおいは、家族やおもちゃや食べ物のにおいに取って代わられた。やがて冬の気配がただよいはじめ、寒くなった。雪も二度ばかり降った。降ったといっても、ほんの少しだ。壁には、絵や写真が貼られていった。僕はソファーで毛布にくるまっていた。前の家の隣に住んでいたルカとは離ればなれになってしまったけれど、新しい家の近所でも、子どもの姿を何度か見かけた。

ある日、キッチンに入っていくと、僕ら五人の家族写真が目についた。母さんと父さん、キアラにアリーチェ、そして僕。五人ともとても楽しそうな顔をしていた。この写真を弟に見せるわけにはいかない、と僕は思った。ジョヴァンニがいなくても、僕ら家族は幸せだったなんて知ったら、傷つくに決まっている。

そこで僕は、フレームから写真を取り出して自分の部屋へ持って行き、かばんから赤のフェルトペンを出し、机に向かった。そして僕らの左隣に、記号のような単純な線で人間の絵を描き入れた。真ん丸の顔に、右の耳から左の耳まで届きそうなくらい大きなスマイル。それから、元通り写真をフレームに納め、そのまましばらく眺めていた。すると、なにかが足りないことに気づいた。もう一度、写真をフレームから出して、ジョヴァンニの肩にマントを描いた。スーパーヒーローのマントだ。

十二月七日のことだった。

日付まで憶えているのは、その日の午後にジョヴァンニが生まれたからだ。

2 百八十個のぬいぐるみ

こうして弟がやってきた。新しい家の、新品のベビーベッドで、キアラ、僕、そしてアリーチェが順に着まわしたお下がりの黄色いベビー服にくるまれていた。ブランケットの上からは小さな頭がのぞき、下からは、片方の足が飛び出している……。ここまではすべて順調だ。すべてがあるべき位置にある。でも、その小さな頭と片足は、なにかを物語っていた。ただし、それを僕が少しずつ理解していくのは、もっと先のことだ。そのとき僕は、弟の横に立ち、お小遣いで買ってあげたチーターのぬいぐるみを持っていた。でも、ベビーベッドには置かずに、小脇にぎゅっと挟んでいた。どうしてそんなことをしていたのか……。正直なところ自分でもよくわからない。

「どこから来たの？」

僕は声をひそめて父さんに訊いた。

「どこからって、どういう意味？」

「この星の生まれじゃない。見ればわかる」

「話して聞かせただろ？」

そう言って父さんは僕の肩を抱いた。父さんの手はとても温かくてがっしりしているから、この手が肩に置かれてさえいれば、誓って世界のどこへだって行けるし、どんなことにだって立ち向かえると思えた。

「話して聞かせただろう、特別な子なんだって」

僕はうなずいた。

なによりもその目。中国人か、金星人みたいだった。どちらかはよくわからない。さもなければ、砂の下からきらめくクリスタルがのぞいていたり、空に紫の月が十くらい浮かんだりしているような、どこか別の惑星かもしれない。そういう僕も、少し東洋人っぽい切れ長の目をしていて、おかげで僕らが兄弟だってわかるわけだけど、でも弟の目は、マジで東洋人っぽかった。おまけに首の後ろは、超ミニの宇宙船の滑走路じゃないかと思うくらいに平らだ。はいはいを始めたら、あそこをお盆みたいにして使えるにちがいない。でもなによりも驚いたのは、ブランケットから飛び出してぴくぴくと小刻みに震えていた足の指だった。なぜかというと、ジョヴァンニの足の指は、四本だったのだ。いや、注意深く見ると、潜在的には五本なのがわかるのだけれど、四本目と五本目——つまり小指と薬指——がくっついていた。ちょうどキットカットのチョコ二本分みたいに。

「そっちの……もう片方の足もおなじなの？」僕は指を差しながら訊いた。

「そうだよ」と父さんは言った。「愉快だろう？」

　僕は肩をすくめた。愉快かどうかはわからなかった。正直、ちょっとショックでもあった。でも、よく考えてみれば、僕の大の親友のアンドレアだって――正確に言うと、しばらく絶交していて、また親友に戻ったばかりだった。喧嘩の原因は、クラスメートのラヴィーニャに、僕の彼女じゃなくて、アンドレアの彼女だと無理やり言わせたことだった――、そう、そのアンドレアだって、ひとつ例を挙げるとしたら、耳たぶがない。厚ぼったいちっちゃな耳が頭からにょきっと生えている感じだ。僕たちはそれぞれみんな違って当然なんだ、と僕は思った。足の指が一本少ないおかげで、もしかするとジョヴァンニは、サッカーボールを誰よりも正確に蹴ることができるようになるかもしれない。縫い目のないサッカーシューズみたいに。僕たちはみんなそれぞれ違っていて、ときにその違いが最大の利点となることもある。僕は、ウールのコートの下に翼を隠さなければいけない地上に堕ちた天使たちのことを考えていた。あるいは、目から放出される破壊光線を隠すために、特殊加工をほどこしたバイザー・サングラスをかけているスコット・サマーズ（X-メンのリーダー、サイクロップスのこと）とか。ジョヴァンニは、ふだんはみんなとおなじようにシューズとソックスを履いていて、試合の真っ最中の、ここぞというところで、いきなり両方脱いだかと思うと、ペナルティエリアすれすれのところまで猛ダッシュし、彼にしかできない独自の方法でシュートを決めるんだ。敵チームのキーパーは、手も足も出せずに呆然(ぼうぜん)と立ちつくす……。僕は小脇に挟んでいたチーターを持ちあげて、弟に見せてやった。目の真ん前まで近づけながら……。

「あと何週間か待ってあげてね」と、母さんが言った。「まだ目はよく見えてないのよ」

「目も見えないの？」

母さんは笑った。

「生まれたての赤ちゃんは、みんな目が見えないものなの」

「嘘(うそ)でしょ？」

「本当よ」

僕はへこたれなかった。チーターを弟の鼻の頭に近づけて、キスをするみたいに、チュッとくっつけてあげた。

とにかく、弟が、中国か、さもなければどこか東方の惑星からやってきたらしいということが、僕をなによりわくわくさせた。それからというもの僕は、母さんと父さんが弟から目を離した隙を見つけては、中国語と日本語と韓国語をミックスしたような言葉で弟に話しかけた。母音ばかり連ねた音を、長く伸ばして発声する。弟の前に陣取ってじっと顔を見つめながら、耳から耳まで届きそうなスマイルを作り、ラジオの周波数にも似たその音をお祈りのような抑揚でつなげていく。

あるとき、僕がそうしていると、後ろから父さんがこっそり近づいてきた。

「ジャコモ、気はたしかか？　なにをしてる？」

僕は、無知な父さんに邪魔されたくなくて、声を小さくした。

「交信しようとしてるんだ」

「できるのか？」

「かなり時間がかかりそう」

「そうだろうな」

「でも、さっき反応したよ」

「ほんとうかい？」

「ほんとう」

「どんな反応？」

「鼻の穴に指をつっこんだ」

「おお！」

「ウとアをかわりばんこに発音してるときにね。こんな感じ」僕はそう言って、やってみせた。「ウウウーアアアーウウウーアアア」

するとジョヴァンニがくっくっと笑い、こんどは耳の穴に指を入れた。

「ほらね」

「つまり、ウとアの音が聞こえると、顔の穴のどれかに指を入れるっていうわけかい？」

僕は勢いよくうなずいた。

「すごいと思わない？」

「もっと試してみろ。あきらめちゃダメだぞ」父さんが言った。

僕は弟のあとをついて歩くようになった。この特別な弟にとてつもない魅力を感じていて、真相を突きとめたかった。母さんが、ベビーカーとか、そのほかいろいろな赤ちゃんを寝かせておくための入れものに弟をひとりで寝かせてどこかへ行ってしまうたびに、あるいは引き出しの整理をするとかで体の向きを変えたとたんに、僕は『スター・ウォーズ』に出てくるスパイ衛星さながら、弟の上にゆっくりと降下するのだった。

「ひとつ質問してもいい？」

ある日の午後、僕は母さんに尋ねた。外は雪だった。母さんは青のバスルームにいた。そこは大人専用で、子どもは立ち入り禁止。父さんがひげを剃り、母さんがクリームを塗るところだった。僕は、ベッドに寝っころがって頬杖をつきながら、いつものように弟を観察していた。

「どうぞ」

「どうして弟をこういうふうにしたの？」

「こういうふうって？」

「中国風ってことだよ」

「じつはね、ラテン・アメリカ風と、東洋風とどちらがいいですかって訊かれたの。それで最近はほら、赤提灯とかアラベスク柄とか、スシとかが流行ってるでしょ」

母さんはバスルームから顔だけのぞかせて、いたずらっぽく言った。「メキシコ風のほうがよかった？」

　僕はむくれて顔を枕にうずめた。

　母さんは続けた。

「じゃあ訊くけど、このあいだ、ジョヴァンニがどうして特別なのか調べてたんじゃなかった？　忘れちゃった？　ママとパパにいろいろ質問してたじゃない。ほら、妊娠する前になにを食べたかとか、アントニオのママと散歩に行ったかどうかとか……。あれってどうなったの？」

「どうなったって？」

「なにかわかった？」

「あんまり」僕は答えた。

バスルームから出てきた母さんは、収納ベンチを開けてタオルを取り出しながら言った。

「ジャコモ……」優しくて深みのある、あの声だ。母さんはこれから言おうとすることに紛れもない真実が含まれているというとき、この、とっておきの声を使う。「人生っていうのはね、自分の思いどおりにできることもあるけれど、ありのままを受け入れるしかないこともあるの。人生も命もね、わたしたちよりはるかに雄大なものなのよ。複雑で、謎だらけで……」そう話す母さんの瞳はきらきらしていた。命について語るとき、母さんの瞳は、いつもそんなふうに星でいっぱいになるのだけれど、このときもそうだった。「でもね、どんな状況においても選べることがひとつだけあるの。それは、愛すること。無条件で愛することよ」

そこへキアラ姉さんが部屋に入ってきたかと思うと、ベッドにいる僕の隣に座り、会話に割りこんだ。

「あのゼロゼロうるさい咽(のど)の音も？　あの音まで好きになれって言われても、ちょっとなあ……。夜、眠っているあいだじゅう、離陸直前の飛行機みたいな爆音が聞こえてくるんだよ。みんなだって聞こえてるでしょ?」そして手で飛行機のまねをした。

たしかにキアラの言うとおりだった。夜になると、ジョヴァンニの寝ているベビーベッドから、いつもけたたましい音が響いてくるのだ。ただし、高架道路のセンターラインでだって平気で眠れそうなキアラにしてみれば、そんな音はぜんぜん問題にならないはずだった。僕は敵意をこめてキアラをにらみつけた。とりたててなにか意味があったわけではない。あえて言うとしたら、男どうしの連帯感というやつだ。

「べろだってそうだよね」足音も立てずにいつの間にか部屋に入ってきていたアリーチェが、ベッドの後ろから奇襲攻撃をかけるように言った。「どうして、いつもべろを出してるの?」

アリーチェの言うこともたしかな事実だった。ジョヴァンニはいつも舌を外に出している。たぶん口の中にしまっておくには長すぎるんだろうと僕は思っていた。もしかすると、自分の鼻の頭をなめることのできる、マッツァリオール家で最初の人間になるかもしれない。僕たち家族は、誰ひとり舌が鼻の頭に届かなかった。まあ木登りが得意なんだから、舌が鼻の頭に届かないぐらい我慢するしかない。両方を求めるのは、高望みというものだろう。

「うわっ、たいへん!」時計を見た母さんが叫んだ。「もうこんな時間。行かなきゃ。キアラ、急いで支度しなさい。アリーチェ、あなたもよ」

そして、三人とも部屋から出ていった。

その日、三人になんの用事があったのかも、どうして僕だけ一緒に行く必要がなかったのかも憶えていないけれど、とにかく僕はジョヴァンニと二人きりになった。僕は弟のほうに向きなおり、じっと見つめた。すると弟は、それまでに見たことがないくらいぱっちりと目を開けたのだ。そして、僕の目を見つめ返した。その瞬間、僕の頭の中で声がこだました。井戸の底から立ちのぼってくるような声だ。その声はこう言った。

みんなの言ってること、ぜんぶわかるよ。

僕は反射的に立ちあがり、「ジョヴァンニなの？」と尋ねた。

みんなの言ってること、ぜんぶわかるよ。声がまた言った。

「テレパシーが使えるの？」

ボクのこと、どんどん話してよ。肝心なのは話すことなんだ。声はそう言うと、笑った。

母さんは読書好きだ。だから、うちにはそこらじゅうに本がある。リビングのテーブルの上はもちろん、キッチンにも出窓にも、トイレにだって本がある。なかでも、ベッドのサイドテーブルは、積みあげられた物語の重みでいつだって押しつぶされそうになっている。成長するにつれて、ヘッセやマルケス、オーウェルといった作家の名前は僕にとっても身近なものになったけれど、まだ七歳だった当時は、背表紙の厚みと、表紙の色、そして絵がほとんどないということぐらいしかわからなかった。それでも僕は、いつだって本に魅せられていた。本に対する愛情は、親の姿を手本にして身につくだけでなく、空気や食べ物を通しても、親から子へと受け継がれるものだと思う。とにかく、僕は子どもの頃、母さんがあちこちに置きっぱなしにした本を手にとり、タイトルをたどたどしく声に出して読んでみたり、指で紙を触ってみたり、ときには匂いをかいでみたりすることがよくあった。

だから、その本の存在にも気づいたのだ。

表紙は青。鮮やかな青ではなくて、少しくすんだ青だった。それまでにも何度か、寝室や、リビングのソファーの上で、その本が僕の視界に入ってきたことがあった。そのため、手持ちぶさたで家の中をうろついていたその日、僕はその本に近づいていって、手にとってみた。まず、作家の名前を読んでみる。外国人だ。次にタイトル。そこにも外国語が含まれていた。なぜ外国語だってわかったかというと、wの文字があったからだ。イタリア語ではふつう、wやxの文字は使わない。その言葉はDownというものだった。声に出して読んでみた。ドヴン。それと症候群(シンドローム)という言葉。シンドロームがどんな意味なのか、ドヴンがどんな意味なのか、僕にはわからなかった。

無造作にひらいてみた。すると写真があらわれた。ほかより厚い紙のページが挟(はさ)まっているときは、たいていそこでひらくものだ。

僕は目を丸くした。ジョヴァンニじゃないか！と思ったのだ。

いいや、違う。ジョヴァンニじゃない。でも、ジョヴァンニにうんとよく似た、どこかの子どもの写真だった。目も、頭の形も、口も。ジョヴァンニではないけれど、間違いなくおなじ惑星から来た子だ。もしかすると……と僕は思った。弟の秘密が解き明かされるのかもしれない。なにも理解できないままに、本のページをめくり続けた。唯一わかったのは、それが医学書だということ。「病気」という概念が、僕の頭の中に忍びこんだ。シンドロームというのは、「病気」か、あるいはそれに近い意味らしかった。僕はこめかみをぼりぼりかいた。手からなにかがこぼれ落ちそうだった。本を持ってキッチンに行った。

母さんは、俎板(まないた)の上で包丁をとんとんと軽やかに動かしながら、ピーマンを刻んでいた。父さんはテーブルに座り、器に入ったアーモンドをつまみながら、新聞を読んでいた。その隣でキアラが宿題をしていた。僕はキッチンに入っていき、テーブルの上にどんと本を置いた。心持ちたたきつけるような感覚で。大事なことなんだから、三人ともいまやっていることは中断して、僕の話を聞いてとでも言うように。父さんは新聞から顔をあげ、アーモンドの入った器の上あたりに手をかざしたまま、動かなくなった。キアラはノートになにか書いていた手を、母さんはピーマンを刻んでいた手を、それぞれとめた。ピーマンの切れ端がひとつ落ちた。

僕は、手持ちの声のなかでいちばん低いのを探した。低いと言ったって、七歳の子どもでは、たかが知れているけれど……。そして、問いかけた。

「これはなに？」

父さんはちょっと考えるふりをしてから、声を裏返して言った。「本！」まるで、このうえもなく賢い回答だとでもいうように。

キアラがさげすむような冷笑を浮かべた。

「本だってことくらいわかってるよ。だけど、この本にはジョヴァンニのことが書いてあるじゃないか。ジョヴァンニによく似た子の写真がある。『症候群（シンドローム）』ってなんなの？　ドヴンってどういう意味？」

「ダウンでしょ」とキアラが僕の言葉を訂正した。

「そう、それ。どういう意味なの？」

「あなたの弟が患（わずら）っているものよ」ピーマンを刻んでいた手をふたたび動かしながら、母さんが言った。「ダウンという名前のイギリスのお医者さんが発見した症候群のこと。ジョン・ラングドン・ダウンという人よ。そのお医者さんが発見する以前にも、おなじ症状の人はいたはずだけれど、それまでは名前がなかったの」

「つまり病気ってこと？」

「そうだよ」父さんが答えた。

「ダウン症候群は病気なわけ？」

「ジョヴァンニは病気のひとつだ。そして、ジョヴァンニはダウン症候群だ。ということは、そうだと答えるほかないだろう。つまり、ジョヴァンニは病気だってことになるが……」

僕はキアラのほうを見た。

「姉さんも知ってたの？」

彼女は、うんとうなずいた。

僕は裏切られた気がして、無性に腹が立った。

父さんがテーブルの向こうから身を乗り出してきて、僕と手をつなごうとした。僕は、まるで熱いものに触れたかのように、さっと手を引っこめた。

「どうして僕には話してくれなかったの？　僕がまだ小さいから？」

「そうじゃないよ。おまえに話さなかったのは、それが大切なことじゃないからだ」

「じゃあ、大切なことってなに？」

「大切なのはね、ジョヴァンニはジョヴァンニだってこと。おまえの弟は、〝ダウン症候群〟じゃなくて、ありのままのジョヴァンニだ。あの子自身の性格があって、好き嫌いがあって、長所や短所がある。父さんや母さんや、みんなとおなじようにね。病気のことをおまえに話さなかったのは、父さんも母さんも、ジョヴァンニのことを病気だなんて思っていないからなんだ。僕らの頭にあるのは、〝ダウン症〟――ここで父さんは、指でクオーテーションマークを描いて見せた――という病気じゃなくて、ジョヴァンニなんだ。うまく説明できたかどうかわからないけど……」

僕は黙ったまま父さんの顔を見た。うまく説明できていたのだろうか。なんとも言えなかった。僕は、自分が弟のことを心配しているのかどうかもよくわからなかった。たとえ弟が病気だとしても、父さんと母さんが平然としているのなら、僕もうろたえる必要はないのだろう。実際、二人は少しも動揺した様子はなかった。むしろその逆で、二人の話の内容にも、その話し方にも、眼差しや手の動きにも、一種独特の穏やかさが感じられた。

「それって、ジョヴァンニのテンポと関係があるの?」僕は唐突に質問した。

父さんは眉間にしわをよせた。

「生まれてくる赤ちゃんが特別だって最初に話してくれたとき、弟には弟なりのテンポがあるって言ったじゃない。このことと、そのジョヴァンニなりのテンポには関係があるの?」

「そうね。関係あるわ」母さんが答えた。「ひとつのことができるようになるまでに、みんなより少し余分に時間がかかるの」

「マルコはダウン症候群?」僕は、なかなかアルファベットを憶えられないクラスメートを引き合いに出してみた。僕はとっくに、逆からだって唱えられるようになっていた。

「違うよ。ジャコモの友だちには、ダウン症の子はいない。いたら、顔や、そのほかいろいろな特徴からわかるはずだからね」

「東洋風の目ってこと?」

「……たとえばそういうこと」

「それで?」

「それでって?」

「病気のことだよ。苦しいの?」

「ちょっと身体が弱いかもしれない」

「ほかには?」

「話し方もちょっと変わってるかも」

「発音がってこと?」

「発音だけじゃないわ。たとえば、あなたがそうやって話すみたいには、自分の考えをうまく言葉にできないかもしれない……」

「あとは?」

「補助輪なしで自転車に乗れるようにはならないと思う」父さんが言った。

「嘘でしょ?」

「ほんとうだ」

「木には登れる?」

「それも難しいんじゃないかな」

僕は、目をむいた。ショックで溜め息がこぼれた。

「なにをするにも、ちょっとだけみんなの手を借りる必要があるってことなの」母さんが、シンクの上のフックから布巾を取り、それで手を拭きながら言った。「ちょっとだけね」その言葉は、僕にというより、自分自身に言い聞かせているようだった。

「つまり、ちょっと遅れてるってこと」それまでずっと、鉛筆の先っちょでノートに小さな渦巻き模様をいくつも書きながら黙って聞いていたキアラが、口を挟んだ。

「でも、僕たちだって、昨日、お祖母ちゃんの家に遅れて着いたよね」

「そういう意味じゃなくて……」

「じゃあ、どういう意味?」

隣に座っていた父さんが、おおいかぶさるようにして、キアラをくすぐりはじめた。

「線路の上を走る機関車みたいなもんかな」シュッシュシュッポッポッポッと言いながら、指でキアラのお腹から胸、そして首へとだんだんあがっていく。キアラは身をよじって笑った。「機関車とおなじでね、ジョヴァンニには線路が必要なんだ。僕ら家族が、その線路になってあげるってこと。少しぐらい遅れたって、仕方ないさ。それより、機関車の中で、かわいい女の子と隣り合わせになるかどうかのほうが大事だ。金髪でおまけに……」ここで父さんは、手を胸のあたりにやり、山を描いてみせた。

するとと母さんが後ろから近づき、父さんの頭をぺしっとたたいた。

父さんは笑った。キアラも笑っている。僕もつられて笑いだした。ミートソースの香りがただようキッチン。真冬の空気がドアの外まで押し寄せていた。僕の頭の中はいてはてなだらけだったけれど、お腹の底には不思議な温もりがあった。僕にはまだ理解できていないことがたくさんあると自覚しながらも、それはいつかわかることだし、たいした問題じゃないと思えた。僕たち家族はみんな一緒だった。そして、あのときの僕にはそれでじゅうぶんだった。

それからしばらくしたある日の午後、家の呼び鈴が三回鳴った。たしか家には僕と父さんしかいなかったような気がする。僕はあと少しで宿題が終わるというところで、父さんはスーパーの大売り出しのちらしをチェックしていた。家族が六人になり、おまけに一家で働いているのは父さん一人だから、買い物も慎重にしなければならなかった。そこで父さんは、金利の変動や、金の相場の推移や、コスタリカにおけるコーヒーの生産量の増加などを研究するみたいな感覚で、あちこちのスーパーの商品と価格を研究するようになった。父さんだって、だてに経済学部を卒業したわけじゃない。

とにかく、呼び鈴が立て続けに三回鳴ったので、僕は声を張りあげた。

「僕が出る」

急いで玄関のドアを開けたものの、誰もいない。

ポーチから身を乗り出してみたところ、道端に黄色のバンが停まっていて、その前に野球帽をかぶった男の人がいた。手には帳面とボールペンを持っている。

「マッツァ……マッツァリオールさん？」伝票と僕を見くらべながら言った。

「そうです」

「オムツのお届けです」

「えっ？」

「お宅にオムツの配達です」

僕は、ミツバチに鼻の頭を刺されそうになったかのように、のけぞった。

「オムツの配達？」相手の言ったことをオウム返しにつぶやくと、言った。「ちょっと待ってください」

そして、キッチンに駆けもどった。

「パパ……」

「誰だった？」

「オムツ」

「なんだって？」

「外に車が停まってて、おじさんが、オムツのお届けですって」

「オムツ……？　あっ、そうだ！」父さんは急に思い出したらしい。「オムツだよ。ずいぶん早く届くんだなあ。まさかこんなに早く持ってきてくれるなんて思わなかった。ほら、行くぞ」

　バネ仕掛けのようにぴょんと立ちあがると、外に飛び出した。父さんと野球帽の男の人は、まず握手を交わした。それから野球帽の男の人が、サインすべき書類を何枚か父さんに渡し、バンの後ろのドアを開けた。男の人のすぐ後ろをついていった僕は、ドアが開いたとき、思わず「うわー！」と叫んでしまった。

「これなら、ミルクを飲んでる赤ちゃん全員分ぐらいあるね。いままで見たオムツの山のなかで、いちばん大量だ」

「そんなにたくさん、オムツの山を見たことがあるの？」野球帽の男の人が、真顔で訊いた。

「けっこう見てる」僕は答えた。

「ねえ、パパ……」

「なんだい？」

「これって、幼稚園に持っていく分？」

父さんは幼稚園で事務の仕事をしていた。

「いいや、うちで使う分だ」

僕は、父さんがおもしろい冗談を言ったのかと思って、ぷっと吹き出した。でも、べつにふざけているわけではないとわかり、笑いは消えていった。上目づかいに父さんの顔を見た。

「まさか本気で言ってるんじゃないよね？」

「いいや、本気さ」

「こんなにたくさん、どうするの？」

父さんはふーっと溜め息をついた。

「おそらく、ジョヴァンニは当分オムツがとれるようにならないと思うんだ」そして、笑っている赤ちゃんの絵がボディサイドに描かれているバンを指差して続けた。「卸しの業者からまとめて買えば、ずいぶんお得なのさ。だから……」

野球帽の男の人が、バンの後ろから顔をのぞかせて言った。

「降ろすのを手伝ってくれませんか」

僕たちは、道路とキッチンのあいだを何度も往復しながら、いくつもいくつも果てしなくあるオムツの包みを、三十分近くかけて運んだ。そうして、疲れ果てた野球帽の男の人が車に乗りこんで走り去ると、こんどは僕ら二人だけで、キッチンから地下室まで、いくつもいくつも果てしなくあるオムツの包みを運んだのだった。
それからしばらくのあいだ、僕はジョヴァンニのオムツの包みを使って、イヌイットの雪の家（イグルー）みたいなシェルターを作って遊んでいた。

そうこうしているうちに、ジョヴァンニは成長していった。その様子もペースも、独自のものではあったけれど、確実に成長していた。成長とともに、いろいろなことが改善されていった。たとえば物をつかむこと。それ以前は本当に未熟で、なにもつかめなかった。おしゃぶりや哺乳瓶（ほにゅうびん）でさえも、手で持つのは至難の業（わざ）だった。ところが、ある日とつぜん手の指の仕組みを理解したらしく、逆方向から押さえることのできる親指が、物をつかむときに便利だとわかると、こんどはありとあらゆる物が「つかめる」対象となり、ひいては「投げられる」ようになった。ジョヴァンニにとって、その二つの行為は切っても切れない関係にあることを、僕たちはすぐに思い知らされた。つかめる物は、ひとつ残らず投げられる運命にあった。それからというもの、とてつもなく長いあいだ、ジョヴァンニの世界は、「つかむこと」と「投げること」の二つで成り立っていた。そのほかのことは、ないに等しかった。

「投げられる」物のなかでも、ジョヴァンニがとりわけ好んだのはぬいぐるみだった。僕のあげたチーターは、すぐに空飛ぶチーターとなった。といっても、うちには十数個しかぬいぐるみがなかった。一個のぬいぐるみをつかんでから投げおわるまでにジョヴァンニがかける時間は……どのくらいだろう。十秒ぐらい？　だとして、十数個のぬいぐるみでは、長く見積もっても二分ぐらいしかもたない。そのうえ、ぬいぐるみ以外で好きに投げていいよとジョヴァンニに渡せる物は、それほど多くはなかった。

そこで、ある晩、ポテトピューレに粉チーズをかけていた僕は、提案した。

「もっとたくさんのぬいぐるみが必要だよ。計算してみたんだけど、ジョヴァンニを三十分間おとなしくさせておくには、ぬいぐるみが百八十個要る」

キアラが言った。

「あたしたち家族が、ジョヴァンニの誕生日とクリスマスのたびに、一人一個ずつぬいぐるみをプレゼントするとして、一年間で十個でしょ。成人する頃には百八十個たまるね」

スプーンを口に運んでいた父さんが、手を宙に浮かせたままで言った。

「悪い考えじゃないな……」

「ジョヴァンニにひげが生えてくる年頃まで、ずっとぬいぐるみをプレゼントし続けるってアイディアが？」

「いいや。ぬいぐるみをたくさん手に入れるってほうだ」

「どうやって？」

「幼稚園だよ。幼稚園には、古くなったぬいぐるみが山ほどある。袋に入れて、倉庫にしまってあるはずだ」

「すごいぞ！」僕は叫んだ。「ジョヴァンニのことを、ぬいぐるみでうずめてやろう！」

そんな経緯で、それから数日後、父さんが黒いビニールのゴミ袋をいくつも車に積んで帰ってきた。ひとまず車から降りた父さんは、外に出てくるよう僕らに言った。それから車のトランクを開けると、袋の山を指差して、拍手してくれと言わんばかりに両腕をひろげてみせた。そうしていれば、ぬいぐるみたちがひとりでに袋から飛び出して、順に列をつくってぴょこぴょこ飛び跳ねながら、家の中に入っていくと思っているみたいだった。けっきょく、みんなで手分けしてぬいぐるみの入った袋を家に運びこみ、地下室の、オムツの包みの山の隣に積みあげた。中にはありとあらゆる種類のぬいぐるみが入っていた。ゾウにうさぎ、形のよくわからないモンスター、イルカ……。そして、なんといっても恐竜。それが、ジョヴァンニにとって初めての恐竜との出会いだった。いまでこそ、たとえ海の底から宇宙の果てまで旅してまわっても、恐竜より大切なものには出会えないだろうというほど恐竜に熱中しているジョヴァンニだが、あの当時はまだ恐竜を知らなかった。彼の恐竜に対する情熱は、あの日に始まったんだと思う。僕としては、せっかくプレゼントしたチーターが、ほかのぬいぐるみの下にうずもれてしまって悲しかったけれど、あきらめることにした。しょせん人生というものはそんなものだ。チーターだけが永遠の存在というわけにもいかない。

あの頃は、とにかく発見の連続だった。ジョヴァンニは、味がぜんぶ異なるドロップの詰め合わせみたいだった。最後までなめてみないと、どれがいちばんおいしいのかわからない。

そのうちに、ジョヴァンニに食事をさせるのが僕ら家族の大仕事となった。離乳食をスプーンで口に入れてあげても、ジョヴァンニはことごとく吐き出してしまうのだ。僕たちはその理由もわからないまま、吐き出された離乳食まみれになっていた。そこで、エプロンをしてから食べさせるようにした。汚れたら困るほど上等な服を着ていたわけではないけれど、僕たちにだって尊厳というものがある。まわりの人から、襟(えり)や肩に食べ物がこびりついていると何度も指摘されるのは、あまり気分のいいものじゃなかった。

なんといっても不思議だったのは、食事をさせるたびに、家族のなかで誰か一人だけ、うまく離乳食をジョヴァンニの口の中に入れられる人がいるということだった。そのたびに違う人だったから、僕らはたまたまうまくいくだけだと思っていた。ところがあるとき、それが偶然ではないことに気づいた。ジョヴァンニが「この人」と決めた人だけ、食べさせることができるのだ。たとえば、その日は父さんと決めていたとすると、ジョヴァンニは、父さんが食べさせてくれるまで、口の中に入れられた物を吐き出し続ける。キアラと決めた日には、姉さん以外の人からの食べ物は受けつけない。そんな具合に、ジョヴァンニが僕らを順に選んでいるのだった。

　寝かしつけるときには、指の爪の付け根を引っかかれても我慢しなければならない。ささくれのようにむけた皮をいじりながらでないと、ジョヴァンニは寝つけなかった。それと、ジョヴァンニはよく怪我(けが)をした。ただし、たとえば腕の骨を折るような、ものすごく痛い思いをしても、キスをして慰めてあげれば、なにごともなかったかのようにけろりとしていた。ほかの赤ちゃんに比べると、歩けるようになるのがものすごく遅いこともわかった。でも、結局のところ、それがなんだというのだろう。歩くかわりに、はいはいでどこへでも行けるのだから。しかも、〝はいはい選手権〟のチャンピオンといった貫禄(かんろく)だ。『ジャングル・ブック』のモーグリを思わせる、お尻を高く突き出した独特のスタイルで、歩けるようになったいまよりも、はるかに速いくらいだった。はいはいが面倒なときには、イモ虫みたいに身体をくねくねさせて進んでいたが、それはそれでなかなかのスピードが出た。

日曜日のミサのために教会へ行くと、僕たちはジョヴァンニを前のほうにおいていく。すると弟は、オムツをした大きなお尻を天井に向けたいつもの恰好ではいはいを始める。僕たちはたいてい、そのまま後ろのほうの列に座るのだけれど、ちょうどミサが終わる頃になると、みんなのところまでたどりついて、抱きつくのだ。弟にとっては、いい散歩といったところだった。

教会に行くと、決まってジョヴァンニは、遊園地にでも来たかのようにハイテンションになった。そんな弟が、一度だけ教会でじっとしていたことがあった。アルフレードお祖父ちゃんのお葬式のときだ。ジョヴァンニは二歳半だった。それほど長い時間、静かに集中していたことは、それまで一度もなかった。

アルフレードお祖父ちゃんは、ジョヴァンニに対して海のように深い愛情を持っていた。いつも、ソファーに座ってジョヴァンニに本を読み聞かせてやりたがった。ジョヴァンニだって、お話がわかるはずだと譲らなかったのだ。そして、自分が病気で入院すると、一日でも長く生きられるようにしてくれと医師たちにすがった。まだ、孫のそばにいてやりたいのだと言って。いつまでもジョヴァンニのそばにいてやりたい……と。

そんなお祖父ちゃんのお葬式のあいだじゅう、ジョヴァンニはおとなしくしていた。

静かに耳を傾けていた。
まるで誰かがジョヴァンニにお話を聞かせてやっているかのように。

でんぐり返しのできないスーパーヒーロー？

こうして最初の三年が過ぎていった。僕は小学四年生になり、ジョヴァンニはついに幼稚園に通うことになった。といっても、父さんの勤め先ではなく、別の幼稚園だ。おなじ幼稚園に二人のマッツァリオールはお断りということらしい。

幼稚園の初日、僕らは家族総出でジョヴァンニを送っていった。幼稚園の門の前の通りに車を駐めると、車道にも歩道にも子どもたちがうじゃうじゃしていた。走りまわったり、わめいたり、転んだり、保護者に抱きついたりしている。保護者はといえば、先生方や、ほかのお父さんお母さんとのお喋りに夢中だった。

でも、僕たちだけは違った。

僕たちは、まるでいちばん高い岩場から飛びこもうとしている水泳の選手を前にしたかのように、黙りこくっていた。

父さんがジョヴァンニを抱いて、門に向かって何歩か進んだ。それから、こっちを振り返った。あのときの弟の表情を、僕はいまだに忘れられない。経験豊かな賢人みたいに、悟りきった顔をしていたのだ。幼稚園なんて少しも驚くには値せず、その手のものなら、もう数えきれないほど経験してきたとでも言いたげだった。父さんに抱かれて、ジョヴァンニは幼稚園の門をくぐろうとしていた。学校生活への第一歩だ。僕たちは、小さかった弟が大きく成長する姿を目の当たりにしていた。太陽が昇ったり、野山の草木がいきなり花ひらいたりするように、僕らの目の前でそれが起こっていた。胸を張って門の向こうへと消えていくジョヴァンニの姿は、本当に感動的だった。その日、弟は黄色と赤と緑と青の服を着ていた。家族一人ひとりの好きな色を身に着けていれば、ジョヴァンニは一日中、みんなと一緒にいるような気になれるだろうと考えてのことだ。われらがジョヴァンニ。ぎりぎりセーフでオムツはとれたけれど――ほんの数日前までオモラシをしていた――、相変わらず東洋風の目に、首の後ろは真っ平らで、整形靴〔足にトラブルがある人の歩行をサポートする医療目的の靴〕を履いていた。まだ歩けない弟に、靴がなんの役に立つのか、僕にはよくわからなかった。

ジョヴァンニが、家族が一人もいないところで一日を過ごすのは、初めてのことだ。家からは、〈カエルのラーナ〉だけを連れてきていた。

なにを隠そう、僕には何年ものあいだ、空想上の友だちがいた。名前はボブ。ものすごく小さくて、背丈は草ぐらい。部屋のドアが閉まっていても隙間から忍びこんで、人の話をこっそり聞いたり、クラスメートに悪ふざけをしたりする。なかでもアントニオには、徹底的にイタズラをしていた。僕は、この空想上の友だちのことを、ジョヴァンニに話してやったことがあった。どこへ行くときも必ずついてきて、学校にだってついてくる。なんだったら、貸してやってもいいよと言ったのだけれど、ジョヴァンニは空想上の友だちには興味を示さなかった。なににでも自分で触ってみないと気がすまない性質だからだ。その代わり、彼の空想上（といっても、リアルな形がある）の友だちは〈カエルのラーナ〉で、ずっと〈カエルのラーナ〉を連れて学校に通うと決めてしまった。ずっとってことは……？　なんて考えている人がいるかもしれないので言っておくと、そうなんだ。あれから何年も経って、中学校に通うようになったいまでも、ジョヴァンニは相変わらず毎日〈カエルのラーナ〉を連れて学校に通っている。いや、もしかすると、最近は〈カエルのラーナ〉が、ジョヴァンニを連れて学校に通っているのかもしれない。二人の関係がその後どんなふうに進展したのかは、誰にもわからなかった。

幼稚園の初日、ジョヴァンニは、〈カエルのラーナ〉用の机と椅子がない、と騒いだらしい。家に帰ってきた母さんが、先生からそう聞かされたと話していたのを僕は憶えている。それだけじゃない。トイレにもかならず〈カエルのラーナ〉を連れていったし、場合によっては、〈カエルのラーナ〉だけがトイレに行きたいんだと言うこともあった。ジョヴァンニは、「僕たちの言葉」を話せない〈カエルのラーナ〉の通訳をしているつもりらしかった。傑作だったのは、当時はジョヴァンニ自身も「僕たちの言葉」を話せていなかったことだ。弟がいちばんよく口にしていた言葉は「ブチュゲゲー」だったけれど、とくに意味があるわけではなかった。

ほかにもいろいろなことがあった。たとえば、食堂に移動するとき、先生たちはジョヴァンニが三十分早く教室を出ることを認めていた。そうすれば、自分のペースで移動できるからだ。というのも、弟は、自分だけが先生に抱かれて食堂に行くことをいやがり、ほかの子たちとおなじように自力で移動すると頑なに言い張った。とはいえ、まだ上手に歩けなかったので、はいはいをしたり床を這ったりしながら、自分のペースで行かれるように、時間をたっぷり与えるしかなかった。

そんなある日、ちょっとした事件が起こった。自力で食堂へ移動するジョヴァンニを見守る役割だったヴァレンティーナ先生が、教室のドアを開けて、ほかの先生になにかを伝えていた。ほんの一瞬のことだったのに、振り向いたらジョヴァンニの姿がない。弟が忽然と姿を消すなんて、あり得ないことだった。脱走するのは日常茶飯事だったけれど、たいていの場合、二、三メートル先の床で寝転んだり、もがいたりしていた。どうやって跡形もなく姿を消したのか……。ふだんならば、ジョヴァンニのいたところにはいくつもの痕跡が残される。よだれとか、なめた跡とか、靴の片方とか、ジョヴァンニにしがみつかれて転んでしまい、泣いている子どもとか、あちこちに散らばったおもちゃとか、ひっくり返ったカラーボックスとか……。でも、そのときは、廊下じゅうを見まわしても、なにひとつ、よだれの跡ひとつ見つからなかった。もちろん、幼稚園は上を下への大騒ぎとなった。すべての活動が中断され、助っ人が駆り出され、総出でジョヴァンニを探しまわった。

なんとしてでも見つけなければならない。

トイレや物置きやゴミ箱など、とにかく隅々まで探したが、どこにもいない。そうこうしているうちに給食の時間を知らせる鐘が鳴り、何人かの先生は、ほかの子どもたちを食堂に連れていくことになった。困り果てた園長先生が、保護者と警察の両方に知らせなければと受話器をつかんだところで、みどり組の園児、ルカの声が響いた。

「みいつけた！」

ルカは、ジョヴァンニととても仲のいい子で、ジョヴァンニがいなくなったことをものすごく心配していた。心配のあまり、目をつぶって願いごとを唱えたらしい。ご飯の代わりに、ジョヴァンニがお皿にのって出てきますように……。そうしたら、願いごとが叶ったというわけだ。厳密に言うと、ジョヴァンニはさすがにルカのお皿にのって出てきたわけではない。配膳係のおばさんが、テーブルクロスの掛かったカートを押してルカのそばに来たとき、カートの下の段から、手がにゅっと飛び出していた。ルカが目をこすってよく見ると、ジョヴァンニが隠れていたのだ。

種明かしをすると、ジョヴァンニが教室を出たとき、ちょうどうまい具合に廊下に給食の配膳カートがあった。そこで、誰にも気づかれずに下の段に乗りこんだ（配膳係のおばさんに賄賂(わいろ)を渡して、内緒にしてもらった可能性も否定できない）。カートはそのまま、まず調理室に行って給食を積み、それから食堂まで移動したというわけだ。それは、幼稚園が始まって以来の大発見となった。コロンブスのアメリカ大陸発見や、フレミングのペニシリン発見にも匹敵する。あるいは、雇い主にひと泡吹かせてやりたくて、フライドポテトのジャガイモを思いっきり薄く切り、塩を大量にかけてみたら、それが思いがけずポテトチップスの発明につながったというジョージ・クラムみたいなものだ。ポテトチップスといえば、ジョヴァンニはあの当時から、なによりもポテトチップスが好きで、ひょっとすると〈カエルのラーナ〉よりも好きなくらいだった。それはさておき、以来、配膳用のカートは、弟が園内を移動するのに欠かせない「シャトルバス」となった。ジョヴァンニはたいてい、十一時四十五分の便に乗る。ただし、色塗りがまだ終わっていないとか、なにかしら理由があって遅くなると、十二時の便に乗るのだった。

〈配膳カート＝シャトルバス〉の発見は、ジョヴァンニが幼稚園に通いはじめて二年目のことだった。ちょうどそのあとぐらいから、弟は意味のある言葉がしだいに使えるようになり、お喋りも上達し、ブチュゲゲー語を使わなくなった。そのため僕は、その二つのことにはなにかしら因果関係があるにちがいないとにらんでいた。それ以前は、給食の時間に間に合うように、ジョヴァンニだけが三十分早く教室から出ていた。きっとその三十分のあいだに、園児たちは他人にも理解してもらえる話し方が身につくような、なにか素晴らしい活動を教室でしていたのだろう。

そのいっぽうで、一向に変わらないこともあった。たとえば、ジョヴァンニは発表会の劇に出ることを断固拒否し続けた。クラス全員で演じる劇は、幼稚園の行事の中心的な存在だったが、ジョヴァンニは劇に対して恐怖心を持っていた。舞台という場所が怖く、なにより観客に怯えていたのだ。ビデオカメラやスマホを構えたお父さんやお母さん、お祖父ちゃんやお祖母ちゃん、それに兄弟姉妹が、大群となって押し寄せる。お友だちと一緒に歌を歌うだけでいいんだよと言い聞かせても、効果はゼロで、舞台にあがったとしても、途中で逃げ出してしまい、大混乱となるのだった。女の子たちは泣きだすし、クラスみんなで長い時間をかけて準備してきた劇は中断され、観客席にいる両親や祖父母や兄弟姉妹をがっかりさせることになった。

一度だけ、先生たちの説得の末、ジョヴァンニも舞台に出て、いちばん後ろの列でじっと座っていると約束したことがあった。先生たちが示した妥協案というのは——あくまで僕が理解したかぎりだけれど——、逃げ出さずにそこに座ってさえいれば、歌を歌わなくても構わない、というものだった。まだ小学校にもあがっていないうちから、ジョヴァンニの駆け引きの腕前は、ウォールストリートのブローカー並みだった。ビジネスに関しては、いつだって第六感のようなものが働くらしい。

発表会の当日、劇が始まる前に、先生たちはマッツァリオール家の一同——母さん、父さん、キアラ、アリーチェ、そして僕——を隅っこに呼び出し、一種の秘密会議をひらいた。バスケの試合のタイムアウトのときに、チームで円陣を組み、真ん中で手を重ねて掛け声をかけるみたいなやつだ。

「何度も時間をかけて説得して、やっとジョヴァンニ君にもわかってもらえたんです。ですので、お願いですから……」そう話す先生たちの目は、誇張ではなく、うるんでいた。「ほかの人たちに紛れて、できるだけ目立たないように座っていてください。いいですか、どんなことがあっても、ぜったいに、手をふって皆さんが来ていることを知らせないでくださいね。おわかりだと思いますが、ご家族の姿を見つけたとたん、ジョヴァンニ君は立ちあがって皆さんのところへ行ってしまいます。そうなったらもう、舞台に戻すことは不可能です。いいですね?」

軍隊並みの厳格さで、僕らはうなずいた。

「透明人間になりましょう」と、父さんは誓った。

僕らは、先生の忠告どおりに行動し、ホールの中央のいちばん混み合っていそうなあたりで、人と人のあいだに隠れるようにして座った。でも、父さんだけはそうしなかった。その頃、父さんは妊娠五～六か月と言ってもおかしくないぐらいにお腹がぽっこりと出ていて、いったん奥の席に入ってしまったら、その列の人全員に立ってもらわないかぎり出てこられなかったからだ。そんなことをしようものなら、かえって目立って、ジョヴァンニに見つかってしまう。そこで、父さんはいちばん後ろの列か、隅にいるから、おまえたちは奥に入りなさい、と僕たちに言った。僕は、オレンジ色のシャツにバミューダパンツ姿の父さんが遠ざかっていくのを見送った。五分もしないうちに、園児の弟や妹たちと鬼ごっこを始めることは目に見えていた。ちびっこたちはもともと、劇になんてまったく興味がない。問題は、根っこのところでは父さんも子どもだということだ。必然的に、父さんも劇――とくに社会のシステムによって参加が義務づけられるような類のもの――にはあまり興味を示したことがなかった。だけど、それはまた別の問題だ。

まもなく園児たちが袖から入ってきて、舞台に並んだ。ジョヴァンニは、自分のいないところでこっそり作戦会議がひらかれたことなど露知らず、先生に言われたとおり、いちばん後ろの席におとなしく座った。

こうして劇が始まった。僕らは息をひそめ、こっそりと弟の様子をうかがっていた。弟はなにかミステリアスな考えに没頭し、ぼんやりと周囲を眺めていた。なにもかもうまくいっているように思えた。一曲、また一曲と歌が続き、五曲目か六曲目まで、つまずくこともなく進んでいった。ところがだ。次の歌のリフレインの部分で、まるで光線かなにかに吸い寄せられるようにして、いきなりジョヴァンニが視線をあげた。そしてX線透視カメラでもそうはいかないだろうというほどの正確さで、大勢のパパやママ、お祖父ちゃんお祖母ちゃん、兄弟姉妹のあいだを通り越して、まっすぐに僕を見た。そのとき僕は、完全に自分が透明人間になったつもりになっていて、すっかり気を抜いていた。不意をつかれた恰好の僕をジョヴァンニは見据え、あの金星人のような眼差しをからめてきた。情けないことに、僕は堪えきれず、片手をあげて親指を立ててみせた。たったそれだけ。親指を立てただけだ。存在をアピールしたつもりはなかった。ただ、すべてうまくいってるぞ、最高だよ、その調子で行けと、ジョヴァンニを励ましたかったんだ。

甘かった。

僕があげた手をおろす間もなく、ジョヴァンニがぱっと立ちあがり、僕たちの座っているほうをめがけて猛烈な勢いで突進しはじめた。背中で両手を組み、無垢な眼差しで宙を見つめ、身体を左右にゆっくり揺すりながら懸命に歌っているクラスメートの列をかきわけて、ジョヴァンニが最前列に飛び出した瞬間、僕はことの重大さに気づいた。

はいはいを卒業していたジョヴァンニは、歩いているのか走っているのか転がっているのかわからないような前進の仕方で、観客をかきわけはじめた。進路にあたる人たちは立ちあがり、椅子を動かして道をゆずってくれた。劇という苦行から逃れたジョヴァンニは、家族のもとに駆けよった。弟が僕らの腕に飛びこむと同時に（僕らも、戸惑いと感動がないまぜになりながら、弟を抱きしめていた）、舞台からは荘厳な歌声が響きわたった。

目の端で僕は、みんながこっちを見ていることに気づいた。なかには、自分の子どもの撮影を中断して、僕たちのほうにビデオカメラを向けている人もいた。胸もとに手をやり、涙をぬぐうためにハンカチを取り出しているお祖母ちゃんもいた。僕は、穴があったら入りたい、そしてそのまま二度と出たくないと思った。恥ずかしさで息もできなかった。そのときになって、ホールの後方でちびっ子たちと鬼ごっこをしていた父さんが、ようやく騒ぎに気づいた。そして、父さんまで観客のなかに飛びこみ、ジョヴァンニにも引けを取らない損害を引き起こしながら、僕たちのところまで突き進み、まるで雪崩のように僕らにおおいかぶさった。僕は、父さんの体重で窒息死しないように精神を集中させたおかげで、恥ずかしくて息がとまりそうになっていたことを忘れられ、ある意味、解放された気分だった。

こうして劇は終了した。いったん拍手が鳴りやむと、ジョヴァンニの行動に感化された園児たちは、パパやママが恋しくてたまらなくなった。それぞれの家族のもとへ、何年ぶりの再会かという勢いで走っていき、抱きしめ合った。僕らのせいで――はっきり僕のせいだと言ってもらっても構わない――、発表会は、涙、涙の集団カタルシスで幕を閉じることになった。

僕は、二度と幼稚園に足を踏み入れるまいと、固く心に誓った。

ついでに話しておくと、ジョヴァンニが怖がっていたのは、劇や観客だけではない。弟にはほかにもいろいろと怖いものがあった。

たとえばサンタクロース。

どうしてサンタクロースが怖いの?とみんな不思議に思うだろう。僕自身、十一歳か十二歳ぐらいまで、サンタクロースは本当にいると信じていた。たいていの子は、サンタクロースに宛てて書いたはずの手紙が、なぜか母親の手もとにあるのを見つけて、サンタクロースの存在を疑いはじめるけれど、僕は、そういう場合でも、サンタクロースではなく母親の存在を疑うような子だった。だって、そうだろう。赤い服を着た白い髭(ひげ)の肥(ふと)ったおじさんは、なんの交換条件もなしにプレゼントをくれる唯一の存在なのだから。たしかに魔女のベファーナもプレゼントを持ってはくるけれど、「いい子にしていたら」という条件付きだ。しかも、いい子にしていなければ炭を持ってくる。でも、サンタクロースはそうじゃない。多少悪いことをしても目をつぶってくれる。ある年なんて、クリスマスの二日前に、僕がアンドレアの手を思いっきりペンでつついた年にも、ちゃんとプレゼントを持ってきてくれた。なぜそんなことをしたかというと、アンドレアときたら、親友だったはずなのに、誰に算数のテストの答えを写させたのかと先生に問い詰められて、僕の名前をチクったからだ（まあ、本当のことだから仕方ないのだけれど……）。

ジョヴァンニがサンタクロースを怖がっているとわかったのは、うちに来るサンタクロースを窒息させるか、転ばせるような罠を、弟が毎年こっそり仕掛けていることに気づいたからだ。十二月二十五日の朝になると、決まって出窓にカップが置いてあり、その底に小さな兵隊の人形や動物のフィギュアやミニカーが入っていた。コーヒーミルクの中に完全に沈んでいて、ぱっと見ただけではわからない。気づかずにコーヒーミルクを飲んだサンタクロースが咽をつまらせることを狙っているとしか考えられなかった。それだけでなく、窓ぎわや、そのほかサンタクロースが入ってきそうな場所の床に、大小さまざまな大きさのビー玉が転がっていた。

ジョヴァンニが怖がっているものはほかにもたくさんあり、しかも奇妙だった。家の階段はのぼれるのに、公園の階段はダメで、エスカレーターも苦手。棚の高いところから物を取るときに使う脚立なんて、論外だ。テーブルの上に座らせると泣き叫び、痛い思いをするのもお構いなしに、お腹からダイブしてしまう。ところが、おなじテーブルの上でも、立っているのならOKだった。海で泳いだあとは、決まって父さんに抱きあげてもらい、砂浜に敷いてあるバスタオルのところまで運ばせる。砂を手でつかむことはできるし、胸の上や、頭の上にかけるのも平気なのに、砂の上を歩くのは怖いのだ。問題は、足の裏に砂がくっつくことであり、砂そのものではないらしかった。それと、芝生。ジョヴァンニにとって芝生は、最大の敵だった。踏んでも大丈夫だからといくら言い聞かせても無駄だった。ただし、芝生の上にぬいぐるみが落ちていれば話は別だ。その場合には、恐怖心を忘れられるらしい。舞台の観客は苦手なくせに、自分の言いたいことがあるときには、その場の全員が注目しないと気がすまない。いっぽうで、たいていの子どもが怖がるようなものに対しては、まったく恐怖心を抱かなかった。暗闇もお化けも虫もへいちゃらだ。

そのくせ、なぜかフィギュアは怖いらしかった。きっと、だからサンタクロースのコーヒーミルクに沈めていたのだろう。

ともかく、ジョヴァンニには本当に不思議なところがあった。僕は、成長するにしたがって、だんだんとその理由が理解できなくなっていった。そして、ことあるごとに両親に説明を求めるようになった。まるで、小さな子どもに戻ったかのように。

「なんで戦争するの？」

「お互いに好きじゃなくなっちゃったから」

「どうして好きじゃなくなっちゃったの？」

「喧嘩したからよ」

「じゃあ、どうして喧嘩するの？」

「考え方が違うからでしょう」

「なんで考え方が違うの？」

「だって、一人ひとり違う人間だもの」

「どうして？」

「みんなおなじだったら、おもしろくないでしょ？」


小さかった頃にはよくこんな質問をしたものだが、それとおなじ調子で、ジョヴァンニのことで両親を質問攻めにした。僕の目にも明らかとなっていた弟のハンディキャップについて、あふれ出る疑問を両親にぶつけたのだ。同時に、自分自身にもいくつもの疑問を投げかけていた。もはや原因はどうでもよかった。それは過去のことだ。それよりも、弟の将来が気になった。数を数えられない弟がパン屋で買い物をするようになったとき、どうやってお金を払うのか。言葉らしきものをなんとか発することができるようになるまで何年もかかった弟が――しかも、これからも上手に話せるようにはならないかもしれない――はたして字を書けるようになるのか。計算もできず、字も書けないとなったら、仕事は見つけられるのか。どうしてまだこんなに小さいのに、眼鏡をかけているのか。弟とおなじくらいの年で眼鏡をかけている子なんて、ほかにいないじゃないか。なぜ人の話を聞こうとしないのか。どうしてなにを言っても理解してくれないのか。

なによりショックだったのは、ジョヴァンニは、でんぐり返しができるようにならないだろうということだった。

それを知ったのは、ジョヴァンニは首が弱いということを母さんから聞いた日だった。

「なんで首が弱いの？」

「生まれつきの特徴なのよ」

「どうして？」

その瞬間、それまで僕がしてきたすべてのでんぐり返しが、走馬灯のように脳裏を駆けめぐった。次いで、ジョヴァンニと一緒にする予定だったでんぐり返しの数々も。もちろん、妹のアリーチェや姉のキアラも、ジョヴァンニと一緒にしたくてもできないことがありすぎると嘆いていた。でも、僕の不満に比べたら、どれも取るに足らないことだった。アリーチェもキアラも、ジョヴァンニと戦いごっこがしたいわけじゃない。だけど、僕はしたかった。毎日だってしたかった。いつも父さんとばかり戦いごっこをするのには、いいかげん飽きていた。父さんったら、ロブスター攻撃しか仕掛けてこない。はじめのうちはそれでも楽しかったけれど、床に座って、両脚を規則的にひらいたり閉じたりするだけだとわかってしまうと、意外性なんてもはやゼロだ。

とにかく、ジョヴァンニはでんぐり返しができるようにならないという新事実は、僕にとっては悲劇といえるくらい深刻だった。それを聞いたとき、僕は愕然（がくぜん）とした。これでまたひとつ、弟と一緒にできないことが増えたわけだ。Wiiは放り投げるし、ミニカーは口に入れてしまう。ぬいぐるみだっておなじことだ。戦いごっこもできないし、芝生には怖くて足を踏み入れられない。なんなんだ、と僕は思った。スーパーヒーローはみんなでんぐり返しをする。でんぐり返しもできないなんて、どんなヒーローなんだよ。

もしかすると、弟はスーパーヒーローじゃないのかもしれない……。僕は、そう疑いはじめていた。

弟の持っている特殊能力なんて、ちっとも好きになれなかった。

ある秋の午後、僕はずっと昔に家族で撮ったDVDをプレーヤーに入れた。探しているシーンがあった。すると、テレビの画面にいきなり僕があらわれた。三歳ぐらいだろうか。父さんに補助輪を外してもらった自転車を支えて、立っていた。ハーレーダビッドソンでもあるまいにというほどの勇猛果敢な顔つきでハンドルを握り、サドルにまたがった。ちょうどいい具合のでこぼこ道が、僕の挑戦の難易度をあげている。ヘルメットのあご紐はしっかりと締められている。父さんが自転車のすぐ後ろに控えていたが、それは単なる気休めで、僕には支えてもらう必要はないという自信があった。自転車が動きだす瞬間まで、脚でバランスをとりながら、ペダルを踏む足に力を入れる。すると、自転車が前に進みはじめた。一メートル、二メートル。ペダルを踏むタイミングがずれて、軸がぶれ、転びそうになった。それでも、足をつかずに、かろうじてバランスをとりもどした。その後、もう一度ぐらついたものの、まもなくすーっと走りだし、世界の果ての、さらに向こうを目指して、得意そうにこぎ続けた。補助輪のない自転車に乗れるようになったのだ。三歳の僕が、道と自転車と力学の法則を意のままに操っている。

母さんがこの場面をホームビデオで撮影したのは、あのときの感激を、いつでも思い出せるようにするためだったのだろう。

僕は立ちあがり、テレビを消した。

「ジョー、いまの見た?」僕は尋ねた。「見てたよね?」

ジョヴァンニは絨毯で腹這いになって、頬杖をついていた。

「いまテレビに映っていたのは、ジョーの兄さんなんだぞ」僕は説明した。「僕の言ってることがわかるか？　あれは僕なんだ。あのときの僕は、いまのジョーより少し小さいくらいだった。なのに、補助輪なしで自転車に乗ってたんだ。すごいだろ？　ジョーは、いつになったら補助輪付きの自転車に乗れるようになる？　いいか、簡単なことなんだよ。足でペダルを回すだけ。なのにどうしてできないのか、僕にはぜんぜんわからない。でも、心配しなくても平気だ。僕が教えてやる。もう一回いまのビデオを見てみよう。いいかい？」

ジョヴァンニは、ふんぞり返って僕を見た。

僕は、兄弟愛に満ちた眼差しで、弟を見つめ返した。

「頼む、自転車だけでいい」僕は言った。「うまく話せなくてもいい。数が数えられなくてもなんとかなる。そのほかのこともどうでもいい。だけど、せめて自転車だけは乗れるようになってくれよ。ジョー」

そのとき、玄関の呼び鈴が鳴って、僕の教育熱は中断された。ドアを開けに行くと、ピエラお祖母ちゃんが夕飯のおかずにサヤインゲンを持ってきてくれたのだった。それから僕は、自転車に乗れるようになったときのビデオを、続けて二回ぐらい再生した。いや、もっとかもしれない。はっきりとは憶えていないけれど、十回まではいかなかったような気がする。どうして繰り返し見せたかというと、人間は、ほかの人がしているのを見るだけで、できるようになることがあると、どこかで聞いたからだ。

そうこうしているうちに、夕飯の支度ができたと母さんに呼ばれた。

食卓に並んだお皿には、お肉とサヤインゲンがよそってあった。ジョヴァンニのお皿はすぐにどれだかわかった。食べ物が全部小さく刻んであるからだ。その晩はキアラが切る係だった。じつは一度、ジョヴァンニは、口に入れたウインナーが大きすぎて咽に詰まらせ、死にかけたことがあった。そのときから、弟の分の食べ物をひとつ残らず細かく刻む仕事を、僕たちきょうだいが交替で担当するようになった。僕らはいつだって、俎板の上のものはことごとく刻んでしまいかねないほど、その仕事に真剣に取り組んでいた。

どんな塊だろうと、ぜったいに見逃さない。

あんな苦しい思いは二度とさせまいと、心に誓っていたからだ。

ジョヴァンニは、生まれてからずっと、口の中のものをのみこむのが下手だった。もっと小さかった頃には、食べたものをしょっちゅう吐き出していた。それも、うんと苦しそうに吐くのだ。大きくなるにつれ、吐きたくなったら急いでトイレに行き、便器のふたを持ちあげて、身を乗り出すようにして中に吐けばいいということを学んだ。場合によっては、吐き気を感じるだけで、実際には吐かないこともあるけれど、それでもジョヴァンニは急いでトイレへ行き、便器を抱えて座りこみ、まさか水をなめてるんじゃないよな、というような前傾姿勢で、完全に吐き気が治まるか、あるいは吐きたいものを出すまで、トイレにこもるのだった。

症状を改善するために、ジョヴァンニは何度か胃の手術も受けていた。

ウインナー事件が起こったのは、お昼ご飯のときだった。

僕たちは家族で食卓を囲んでいた。父さんだけが仕事で留守だった。キアラは、おなじクラスの好きな男子の話をしていた。ダンス教室に通いはじめたばかりのアリーチェは、興奮しまくっていた。母さんは、街で会ったおもしろい人の話をしていた。三人がそれぞれ、相手の話にかぶせるように自分の言いたいことを喋っていて、僕はなにも話すことがなかったから黙って聞いていた。

つまり、僕らは四人とも自分のことに集中していたわけだ。一日二十四時間、一秒の隙もなくジョヴァンニを見張っているなんて、どう考えても無理な話だった。ときには、誰もジョヴァンニを見ていないことだってある。

だけど、一分一秒たりとも目を離してはいけなかったんだ。

ジョヴァンニは、僕たちがお喋りに熱中している隙に、彼の咽には大きすぎるウインナーをつかんで口に入れてしまった。その忌々(いまいま)しいウインナーが、なぜ弟の手の届く範囲内に紛れこんだのかはわからない。とにかく、ウィンナーは恐ろしい勢いでジョヴァンニの咽の奥へと滑り落ちていき、次の瞬間、息ができなくなった。

ひゅーっという、か細くて苦しげな音に僕らは振り向いた。ジョヴァンニの顔はその時点でもう、紫色に染まっていた。僕らはいっせいに走り寄った。母さんは金切り声をあげながら、正体不明のなにかを吐き出させなければと、無我夢中でジョヴァンニの身体を揺すぶった。僕は恐怖におののき、固定電話をつかんでとにかく父さんに知らせなきゃと思っていた。そのあいだにも、いろいろと試してみたけれどなにひとつうまくいかず、それ以上どうしていいかわからなくなった母さんが、携帯電話でネリーを呼んだ。すぐ近くに住んでいる友だちで、救急病院まで車で連れていってもらうつもりだった。

家の中はどんよりとしていた。

泣きわめくキアラとアリーチェ。あのときの混乱は忘れられない。僕は生まれて初めて、「パニック」という言葉の意味が理解できた。母さんも泣いていた。母さんの腕の中のジョヴァンニは、息をしておらず、死人のような顔色だった。死というものが、僕の身のまわりの、手の届く範囲に潜んでいることを実感した。テーブルの下や冷蔵庫の中、パンやチーズの中、なにより、あの忌々しいウィンナーの切れ端の中に。ありとあらゆるところに死が潜んでいるような気がした。

すぐにネリーの車の音がして、母さんは外に駆け出していった。幸い、病院まではそれほど遠くない。というより、すぐ近くだった。僕は、どうして病院の近くに引っ越したのか、そのときようやく理解した。そういったことをすべて想定していた父さんと母さんは、まさに賢者だと思った。

そのとき病院でなにが起こっていたのか、僕は知らない。

あの日、母さんがどんな心地だったのか、いまでもまだ僕には想像がつかない。とにかく、それから三十分後に電話が鳴った。母さんからで、もう心配しなくても大丈夫、ジョヴァンニは元気よ、というものだった。念のため検査をしなくちゃいけないから、まだしばらく帰れないけれど、ジョヴァンニはすぐに回復するって、お医者さんが言ってくれたの、と。そして、その言葉どおりになった。そうじゃなければ、僕らの物語はここで終わってしまっていたのだから。

とにかく、あの三十分のあいだ、僕のうちは、まるで洞窟のように暗かったのを憶えている。ひっそりと静まり返った家にとり残されたキアラとアリーチェと僕は、口を利こうとしなかった。うっかり間違った言葉を口にしようものなら、とりかえしのつかない結果を招きかねないとでもいうように。キアラはアリーチェをぎゅっと抱きしめ、アリーチェはキアラにぎゅっとしがみつき、僕はヒーターのパネルに抱きついていた。嵐の襲来に備えているかのように。

なにもかもが突然の出来事だった。

あの日まで僕は、静けさというのは音がないことだと思っていた。でも本当のところ、静けさも音の一種であり、いろいろな静けさがあることを知った。あの三十分のあいだに、静けさが僕に語りかけてきた。ジョヴァンニは僕を必要としている、と。いつも僕を必要としているのだと。そして僕は、もはやジョヴァンニのいない世界なんて考えられないことを思い知った。弟の抱えている問題は僕の問題でもあった。じゃあ僕の問題は？　それは自分でどうにか対処できるだろう。誰かの手なんて借りなくても、なにかしら解決策が見つかるに決まってる。少なくともそのとき、僕はそう思っていた。

その日以来、ジョヴァンニは医者に恐怖心を抱くようになり、病院に行きたがらなくなった。でも、弟の生活は病院の診察とは切っても切れない関係にあった。ジョヴァンニの病院関係の書類入れの中には、診察券やら診断書やらがいくつもごちゃごちゃと入っていて、中身を把握しているのは母さんだけだ。

僕らは、家族のバランスをよく車にたとえる。父さんがエンジンで、僕ら子どもたちがタイヤやギア、母さんがガソリンだ。ジョヴァンニは、シートに身を投げ出して音楽を聴きながら、楽しそうにその車に乗っている。最近では、カパレッツァ〔イタリアのラッパー」の「ファン・ゴッホでもあるまいに」がもっぱら弟のお気に入りだった。

ジョヴァンニが小さかった頃、母さんはいつも理学療法士や、音楽療法士、そのほか、なんちゃら療法士とつく場所に通っていた。「～ほうし」で終わるそうした名称は、僕には難しくて憶えられないものばかりだったけれど、母さんが玄関のところから『「～ほうし』のところへ行ってくるね」と言うのを聞くと、ああ、ジョヴァンニを連れていくのだなと理解していた。

母さんは、僕たちのためならなんでもする。

母さんは、あと二科目単位をとれば大学を卒業できるところまで頑張ったのに、家族の面倒をみるためにあきらめてしまったらしい。

母さんは毎日忙しい。洗濯にアイロンかけ、掃除に整理整頓、料理……。僕が学校から帰る時間には、いつも食卓にお昼ご飯を並べて待っていてくれるし、たまに出掛けるようなことがあっても、冷蔵庫かオーブンかお鍋の中にご飯が作ってある。母さんは投資家だ。日々、僕たち子どもに投資している。お金をじゃなくて、時間をだ。一分一秒を、人生そのものを、僕たちに懸けている。まあ、お金を投資したくても、そもそもうちには財産なんてないわけだけれど……。

なのに、僕らきょうだいは、母さんたちのしていることに本当の意味で気づいてはいなかった。この何年かというもの、母さんや父さんだって、不安のあまり心に雲がかかることは何度もあったはずだ。でも、たとえその雲が雨をもたらすものだったとしても、僕らきょうだいはなにも知らずに過ごすことができた。僕らには、一滴の雨粒もあたらなかったのだから。

いつだって、母さんと父さんが僕らの雨除け（あまよけ）になってくれた。

それって、すごいことだと思う。

話を元に戻そう。ジョヴァンニの生活は病院と切っても切れない関係にあった。たとえば、年に一回、障害の等級を認定するために診察を受けなければならなかった。テストと面接がおこなわれ、ジョヴァンニの反応によって、医師が自立度を評価し、国からの補助が決定される。

要するにそのテストは、ジョヴァンニお得意のしっちゃかめっちゃかぶりを、思うぞんぶん発揮すべきチャンスというわけだ。

一度、僕も診察についていったことがあった。診察をする医師は、ジョヴァンニの障害手当の合計額を実質的に決定する役割を担っている。それは、僕ら家族にとっては重要な意味合いを持つものだった。

診察室に入っていくと、先生が挨拶をしてくれた。僕はなるべく邪魔にならないよう、隅のソファーに座り、母さんとジョヴァンニが先生の前の椅子に座った。まるで就職試験の面接みたいだった。つまるところ、そうなのかもしれない。面接の結果次第で、「手当」という名の「賃金」が決定されるわけだから。母さんは誰よりも緊張していた。リングのコーナーに控えるボクシングのトレーナーのように、ジョヴァンニの背中をぐいと押した。

先生は、なにも言わずにテスト用紙とこれまでの診察結果を吟味し、うむと唸りながら、口もとを奇妙にゆがめていた。僕らは、さながら腸卜〔古代ローマで、生贄となった動物の腸の形で未来を占うこと〕でもするかのように、必死にその意味を読みとろうとしていた。

しばらくしてようやく顔をあげた先生は、「そうですね。では、あと二つ三つ質問させてもらいましょう」と言って、絵の描かれた二枚のカードを見せた。一枚目には炎の絵が、二枚目にはボールの絵が描かれている。

「近づいてはいけない物はどっちかな？」先生は尋ねた。

僕はほっとため息をついた。ジョヴァンニは火が大好きだったのだ。火を見ると誰の言うことにも耳を貸さなくなり、思いっきり近づこうとする。

ジョヴァンニは先生の顔を見た。それから二枚の絵を見くらべた。そしてふたたび先生の顔を見た。考えこむようにあごをかいていたが、人差し指を伸ばして、火のほうを指した。

待ってくれよ！　僕は心のなかで叫んだ。どういうことなんだ？　いったいどうして？

先生は満足そうにうなずいた。

「よくできました。たいへん結構です」

カードをしまうと、別の二枚のカードを取り出した。どちらにも子どもの絵が描いてある。片方は男の子で、もう片方は女の子。

「きみは男の子？　それとも女の子かな？」とジョヴァンニに尋ねた。

やった！　と僕は思った。これまで僕たちはもう何年も、男女の区別を弟に教えようとしてきたけれど、うまくいった例がなかったからだ。

弟は先生の顔を見た。それから二枚の絵を見くらべた。そしてまた先生の顔。また二枚の絵。考えこむようにあごをかいていたが、人差し指を伸ばして、男の子のほうを指した。

おいおい！　なにが起こってるんだ？　弟はわかっていないということを僕は知っていた。当てずっぽうに指したのがたまたま正解だっただけだ。ほかに説明のしようがない。

先生の口もとに浮かんでいた微笑みが、しだいにひろがっていく。

「ジョヴァンニ君は、何歳かな？」

今度こそ絶対に答えられないだろうという確信が、僕と母さんにはあった。弟にとっての自分の年齢は、三歳で止まっているはずだった。

ところがジョヴァンニは、指を七本立てて見せた。

母さんは顔面が蒼白になった。

「嘘でしょ？」と驚いてつぶやいている。

「違うのですか？」先生は怪訝な顔をした。「正しく言えているようですが……」カルテをめくって確認しながら、そう言った。

「あ、いえ……大丈夫、合ってます。ただ……」

お医者さんは、今度は引き出しからペンと紙を出してきた。紙には黒い丸が二つ描かれている。

「丸と丸を結んでみてくれるかな」と先生が言った。

家でのジョヴァンニは、ひとたび紙とペンを持たせようものなら、丸と丸を結ぶなんてとんでもなかった。紙全体をぐちゃぐちゃの線で埋めつくし、まるで爆発のあとみたいなカオスを描きあげる。ところがそのときは、一つ目の丸の上にペンの先端を合わせたかと思うと、もう一つの丸めがけて、定規を使って引いたようなまっすぐな線を引いてみせたのだった。

次いでお医者さんは、赤と緑、二本のペンを取り出して言った。

「赤のペンで赤い四角を、緑のペンで緑の四角を塗ってみて」

弟は、生まれてこのかた、その作業しかしてこなかったとでもいうように、軽々とやってのけた。

状況は悪化の一途をたどり、とうとう先生とジョヴァンニは、ふざけて肘で突っつき合って笑うまでの仲となった。前々から打ち合わせていたかのように、意気投合している。こうして、「対人関係」という項目の点数も上がってしまい、啞然とする結果になった。僕と母さんは、がっかりして目配せをした。診察が長引き、質問を重ねれば重ねるほど、ジョヴァンニの障害手当は減っていく。

最後に先生は、母さんの目を見て言った。

「ご安心ください、お母さん。ジョヴァンニ君にはたしかに成長の遅れが見受けられますが、しっかりと自立できているようです。素晴らしいですね。それもこれもご家族のサポートがいいからでしょう。この調子で頑張ってください」

先生は、その言葉を聞いて、さぞ僕たちが喜ぶだろうと思っているらしかった。

隠し事

時間というのは場合によって、砂地を行く亀のような歩みでしか流れないこともあるし、サバナを疾走するチーターのような速さで人生をのみこんでいくこともある。僕の場合、中学生の最初の二年は、チーターのように通りすぎていった。茶色い斑点のある薄い黄色の毛皮が見えたと思ったとたん、三年生に突入していた。

そんなわけで、中学一年と二年のときのことはほとんど記憶にない。吹き矢で遊んでいたらデフェリーチェ先生に命中してしまったこと。アンドレア・マロンジュが、自分の身体をガムテープでヒーターのパネルにくりつけて、スタージ先生が追試を認めてくれるまでずっとそうしていたこと。

憶えていることといったら、それくらいだ。

でもそれは、僕にはジョヴァンニという名の弟がいることをクラスメートに隠し続けていたという事実を考慮しなければ、の話だ。

しかも、誰にも訊かれなかったから話さなかったというレベルのものではない。そんな生やさしいものではなかった。

「ジャコモ、君のところは何人家族？」「五人だよ」「きょうだいがいるんだ」「そう。姉さんと妹」「女に囲まれてるなんて、うらやましいなあ」「まあね」

ざっとこんな感じだった。

中学に入ってからの二年のあいだで、僕とジョヴァンニの関係は根本から変わってしまった。もっと正確に言うならば、僕とジョヴァンニの関係が変わったのではなく、僕と、ジョヴァンニと、世の中の関係が変わったのだ。小学生の頃は、クラスメートや友だちといった、家族以外の世界に属しているもので占められている僕の領域にジョヴァンニが入ってきても、なんの問題も感じなかった。ところが中学校に入ったとたん、僕はそれに我慢ができなくなった。ある日突然、ジョヴァンニは「特別な力」を持つ弟ではなく、エイリアンになっていた。彼の行動は不可解で、戸惑いをもたらし、なにかしら言い訳が必要だった。

当時、僕の同学年の友だちでジョヴァンニの存在を知っていたのは、ヴィットだけだった。ヴィットとは小学校時代からの親友で、別々の中学に進学してからも、しょっちゅう二人で会っていた。でも、中学の新しいクラスメートには、誰にもジョヴァンニのことを話せなかった。アリアンナにさえもだ。アリアンナは、中学校に入学したその日から、惑星が自分のまわりをまわる衛星に対して及ぼすのと同等の引力を、僕に対して及ぼしていた。彼女が地球なら、僕は月だ。僕は、そんな彼女の澄んだ瞳や、輝く笑みを前にしても、弟のことを隠し続けてきた。彼女とは音楽の趣味がまったくおなじだったにもかかわらず。

どうして誰にも話さなかったのだろうか。

合理的な説明はできなかった。

本能的なところで、話すのはなんとなく……危険な気がしていたのだろう。

ふと気づいたら、僕は中三になっていた。そして、新学期が始まった最初の何日目かに、その年がそれまでの二年間とは異なるものになるだろうと予見させる出来事が起こった。授業が終わったあと、中庭で自転車の鍵を外そうとしていたら、ピエルルイジ・アントニーニが近づいてきたのだ。彼のあだ名はピゾーネ。ピエルルイジの「ピ」に、デカい鼻（ナゾーネ）という意味のゾーネをくっつけたものだ。高架道路のように高い鼻をしていたからというだけでなく、その鼻をどこにでも突っこむ性格だったからだ。ピゾーネはみんなからあまり好かれていなかった。

九月というのは、誰もがまだ、夏休みに過ごした砂浜や、サンオイルの香りをひきずっていて、おもしろいことはなにひとつ起こらない、そんな月だ。なかには十二月にある試験の話を始める気の早い連中もいるが、そんな奴（やつ）らはハチミツを塗りたくって木に縛りつけ、アリの餌食にでもしてやればいい。

僕は、そんな九月が一年のうちで一番好きだった。

その日、太陽にかかる暗雲のように、ピゾーネが不意にあらわれた。僕は、しゃがんで愛車のフォスカのチェーンロックを外そうとしていた。ところが、ときどきあることだけれど、なにかが引っかかって、なかなか外れてくれない。しゃがんだままの姿勢で昇降口のほうを見たら、こっちに向かってくるピゾーネが視界に入った。いったいどこへ行くのだろうと僕は不思議に思った。ピゾーネは、学校から二ブロックしか離れていないところに住んでいるくせに、毎日校門まで親に車で迎えに来させていた。彼は自転車なんて持っていないし、乗り方も知らないはずだ。まさか僕に用があるなんて、一ミリたりとも思わなかった。僕たちは互いのことをほとんど知らなかった。僕としては、あいつと話すぐらいだったら、チュチュを着て校門の前でバレエを踊るほうがマシだと思っていた。

すきっ腹を抱えた僕は、なかなか外れないチェーンロックに悪態をついていた。そのせいもあって、地面から顔をあげて、僕のすぐ脇に立っているピゾーネに気づいたとき、仰天した。思わず周囲を見まわして、誰にも見られていないことを確認した。さいわい、クラスメートはみんな帰ったあとだった。

「やあ、ジャコモ」カエルのように嗄(しわが)れた、媚(こ)びるような声でピゾーネが言った。

紫と茶色のストールを巻き、ウールのセーターを着ている。こっちはTシャツ一枚で汗ばんでいるというのにだ。僕は聞こえなかったふりをした。

「話がある」とピゾーネ。

僕は、迷惑だというように息を荒くした。

「なんの用だよ、ピゾーネ。もう家に帰らないと。急いでるんだ」

「すぐにすむ」とピゾーネは言った。「じつはおまえの弟のことなんだけど……」

僕は目をしばたたかせ、額ににじんだ汗をぬぐった。そして、フォスカのチェーンロックにキーをぶらさげたままで、立ちあがった。

「弟？」

「ああ、そうだ」

「どこの弟のことだ？　おまえ、なにが言いたい？」

「風の便りで聞いたんだけど……」

僕は、「風の便りで聞いた」という言いまわしが大嫌いだった。どういうわけか、風はたいてい、こちらが知られたくないと思っていることを知っている。校内で吹く風を、ひとつ残らずひねりつぶしたい気分だった。

「きみの弟は病気なんだってね」

僕は、魚のように口をぱくぱくさせた。ピゾーネの口から出た言葉は十億分の一秒（ナノセカンド）

で僕の脳に到達したというのに、その情報を処理するのに三十秒はかかった。

「最初に言っておくが……」僕はようやく力をふりしぼって答えた。「病気じゃない」

言葉が、石ころのようにぼろぼろと唇からこぼれ落ちていく。「それに、おまえにはかかわりのないことだ」

ピゾーネは首に巻いていたストールを整えながら、鼻にしわを寄せ、とってつけたような笑みを浮かべた。その表情は、マラー〔フランスの革命指導者、ジャン＝ポール・マラー。一七九三年に暗殺される。暗殺現場でジャック＝ルイ・ダヴィッドが描いた『マラーの死』が有名〕の死んだ年ぐらい、知っていて当然だとばかりに教室で手を挙げた彼の顔に浮かんでいたものとまったくおなじだった。

「いいや、病気だよ。病気に決まってるじゃないか。俺、調べたんだぜ。知ってるだろ？　俺は調べものが誰よりも得意だってことを」

「ああ、他人のことに鼻を突っこむのも、人一倍得意らしいな」

「まったく、不運だったたな」僕の言ったことなど耳に入らないかのように、ピゾーネは話を続けた。「心から同情するよ」

「……」

「なんといっても……」ピゾーネは苦痛に満ちた表情を浮かべた。「長くは生きられないっていうのが哀れだよな。少なくとも本にはそう書いてあった……」

僕は、剣をのみこむ大道芸人を見るように、ピゾーネの顔をまじまじと見つめた。彼が口にした思いがけない言葉に打ちのめされ、顔面をぶったたいてやろうという気力さえ湧かなかった。

「当然、おまえだって知ってるんだろ？　自分の弟のことだもんな。〝ああいう子〟はみんな……」ここでピゾーネは、クオーテーションマークを強調するように、両手の二本の指をひらひらさせた。「長くは生きられないんだって。病気にかかりやすく、しかも重症化しやすい」

「……」

「おまけに、結婚も、自活するのも難しいらしいじゃないか」ピゾーネは、いかにも悲しそうに言った。骨の髄から嫌味な奴なのか、あるいは単に救いようもない馬鹿なのか、僕には判断がつきかねた。「まあ、そういうことだ。弟くんに、頑張れよって伝えてくれ。いいな」

そう言うなり、僕の肩をぽんとたたき、くるりと踵を返すと、前のめりになって歩きながら、通りのほうへと去っていった。

僕はしばらく石のように固まっていた。いま僕が耳にした言葉は、ピゾーネが本当に言ったものなのだろうか？　怒りで身体を震わせながら自転車のチェーンロックにつかみかかったら、魔法の力が働いたのか、あるいは僕があまりに惨めに見えたからか、あっけなく外れた。僕はフォスカに飛び乗ると、ピゾーネめがけて突進し、そのまま背中を轢いてやりたい衝動に駆られたものの、それは得策ではないと考えることにした。出席簿に厳重注意の記録が残るし、生活態度の評価も下がるし、ピゾーネの家族に訴えられる……。ちくしょう。僕はサドルにまたがり、勢いをつけてこぎだすと、思いっきりペダルを踏んでピゾーネを追いかけた。校門を出た角を曲がる直前でピゾーネに追いついたものの、間一髪というところで避けた。意図的にだ。そして、キキーッとタイヤを軋ませながら、抜き去った。一瞬、わずかにピゾーネの身体をかすめた。すると彼は、まるでスカートをめくられた女子のような黄色い悲鳴をあげて振り向いた。僕はそのまま、後ろを見ずに家まで走った。

途中、交通規則はことごとく無視して、猛スピードで自転車を飛ばし続けた。事故に遭わなかったのは奇跡としか言いようがない。きっと僕は、翌日の美術のテストをさぼれない運命にあったのだろう。あるいは、自転車置き場でピゾーネと出くわしたこと自体が、すでに重大事故にカウントされたからかもしれない。

家に帰りついた僕は、門を開け、自転車置き場にフォスカを放り出した。もともとその自転車は僕のものではなく、父さんの職場の同僚が、自分にはもう小さいからと言って、くれたのだった（それにしても、父さんの同僚だとしたら、少なくとも二十年前には成長が止まっていたはずだ。自転車が小さくなったことに気づくまでに、二十年もかかったのだろうか……)。

僕はバジリコの濃厚な香りがただようキッチンに入った。バジリコといえばジェノヴァ風ペーストで、ジェノヴァ風ペーストといえばブルーナお祖母ちゃんと決まっていた。

「ただいま、お祖母ちゃん」キッチンに誰がいるのか確かめもせずに声をかけた。

「お帰り、ジャコモ。ちょうど出来たところよ」

「ジェノヴァ風ペーストだね。ありがとう」

僕は、ドアの後ろにリュックを、コート掛けに上着を放り投げた。父さんお手製の下駄箱(げたばこ)が空っぽだということは、僕が家族のなかで一番に帰ってきたわけだ。ふーっとため息がもれた。よかった。少し独りになれる。僕は、キッチンの濃い黄色の壁を通りぬけ、リビングのぼんやりとしたグレーも通りぬけた。キアラの部屋の薄紫と、アリーチェの部屋の明るいオレンジを横目でちらりと見て、自分の部屋のくすんだブルーに身を沈めた。ここは僕の部屋だ。そしてジョヴァンニの部屋でもある。

部屋に入ると、鍵をかけた。

僕が鍵をかけて部屋に閉じこもるなんて、めったにないことだ。僕の家族は、それぞれが自室に鍵をかけるような家族ではなかった。僕が部屋に鍵をかけたのは、ピアノ教室に行くのを拒否した日以来だった。あの日、自分にはピアノよりも、フェンダー・ストラトキャスターのエレキギターのほうが似合うことに気づいたのだった。それなのに、父さんと母さんは、僕が『海の上のピアニスト』のダニー・ブードマン・T・D・レモン・1900になるものと思いこんでいた。それはおそらく、二人がショパンの「ノクターン」を聴きながら愛を育んだせいだろう。

僕は深呼吸をした。ドアに背をもたせかけ、ぐるりと部屋を見わたした。僕の部屋。僕の世界。僕とこの部屋は一心同体だった。くすんだブルーの壁は、ポスターでほとんど隠れている。マイケル・ジョーダン、アレン・アイバーソン、ジェイソン・ウィリアムス、トム・ヨーク、スティーブ・ジョブズ、チェ・ゲバラ、「ミスター・ノーバディ」、デイヴ・グロール、ジョー・ストラマー、怪盗ジョーカー……。五十×七十センチの大きさの、僕の理想世界だ。机がはめこまれているカラーボックスには、所狭しとステッカーが貼ってある。法則などなく、手当たりしだい貼りまくっていた。ロゴとかシンボルとかエンブレムとかいったものが僕は好きだった。ステッカーはどれも買ったものではなく、その辺で見つけたり、友だちにもらったり、雑誌の付録だったり、レッド・ツェッペリンのTシャツを買ったときに袋の中に入っていたり、学生センターのテーブルに積まれていたり、スケートリンクの手すりに置いてあったりしたものだ。ステッカーは僕の人生であり、時間であり、行動範囲でもあった。たくさんのステッカーは、街を満喫している証拠だ。それに、僕の部屋にあるような大量生産の白いカラーボックスは、誰にだって手に入れられるけれど、僕とおなじようにステッカーを貼る人はいないはずだ。つまり、ステッカーこそが、僕の世界を唯一無二のものにしている。当時の僕は、なんとしてでも自分の跡を残したいという強烈な欲求に駆られていた。僕の手が触れたものに指の跡を残すことによって、僕という人間の存在価値を示したかったのだ。アナーキーの頭文字Aをドアノブに貼り、サイケ色をしたジェシカおばさんに見守られていたかった。ダリの「溶けている時計」や、マグリットの「これはパイプではない」がそこにある必要があった。

あの頃の僕は心の底から信じていた。バンクシーの「火炎瓶の代わりに花束を投げる男」の絵を見ているほうが、ペトラルカの詩を勉強するよりも、はるかに多くを学べると。

僕の部屋に入ってまず目につくのは、フィリップスのオーディオだ。ドアからまっすぐ奥にある棚の中央に君臨し、そのまわりにCD——どれもコピーしたものばかり——や、『荒野へ』『ドン・キホーテ』『ガリヴァー旅行記』『シッダールタ』といった本が山積みになっている。

そう、これらすべてが僕だった。一つひとつのものが僕の一部分を形成している。

ドアに背をもたせかけた姿勢のまま、僕はしばらく自分自身を観察していた。

部屋のもう半分の、ジョヴァンニのベッドがあるほうに視線を滑らせていくと、それまで気づかなかったことが目に留まった。ジョヴァンニは僕のまねをしていたのだ。動物の絵を切り抜き、モンスターのカードを貼りつけ、ぬいぐるみや塗り絵の本を山積みにしている。僕がバスケのトロフィーを飾っている場所には、ゴムボールを飾り、壁には「マダガスカル」のポスターを貼り、僕の本とおなじ数の本を積んでいる。僕が『動物農場』を置いている位置には、『農場の動物たち』という本が置かれていた。

それなのに、ピゾーネの言葉が耳の奥でこだまし、そのときの僕には、僕たち兄弟がどんなに似ているのか考えることも、見てとることもできなかった。僕ら二人のあいだにある、埋めようもない違いにしか考えが至らなかったのだ。

レッド・ホット・チリ・ペッパーズの「スティディアム・アーケイディアム」を聴きながら、僕はベッドで寝転がった。首の後ろで両手を組み、靴は履いたまま、じっと天井を見つめる。レイジ・アゲインスト・ザ・マシーンのヴォーカル、ザック・デ・ラ・ロッチャがドレッドヘアをふり乱し、こちらを指差しながらマイクを握って、僕の心をわしづかみにする。

空っぽの胃がジェノヴァ風ペーストを欲しがり、まぶたにはまだピゾーネのでかい鼻が鮮明に焼きついている状態で、僕は目を閉じてジョヴァンニのことを考えていた。

中学に入ってからの二年間というもの、心の片隅に埋めてきたいくつもの疑問が、次から次へとよみがえった。

ジョヴァンニにとっては簡単なことだった。弟は問題を知覚していない。窓もカーテンも閉まった電車に乗っているだけだ。あたりの森に猛烈な雨が降りつけていることなど、気づきもしないのだ。

弟は、自分の置かれている状況がわかっていない。

でも、僕は違う。

僕はすべてをわかっていた。

この二年間というもの、良心の底辺を這いずりまわった結果、一連の疑問が僕を包囲していた。どうしたら弟の脆さや弱さと共に生きていくことができるのか。弟はきっと彼女ができないだろうし、悩みを打ち明け、思いっきり喧嘩のできる親友もできないかもしれない。そうと知りながら、果たして僕は幸せでいられるのだろうか。そんなことが本当に可能なのか。僕自身の生活をやりくりしながら、弟のことまで面倒をみられるのだろうか。いつか弟が自分のおかれた状況を理解したときに、落ちこまずにいられるよう手助けできるのだろうか。いつの日か弟が苦しむ姿を見ることになるのかもしれない。死んでいくのを見ることになるのかもしれない。そんな恐怖と、僕はどうやって共存すればいいのか。ピゾーネの言葉が火花の役割を果たし、それまで抑えこんできた無数の不安に引火し、くすぶりはじめた。立ちこめる煙で僕の視界が曇る。

その日、僕はこれまで長いあいだ、この手の疑問を自分に投げかけるのをやめていたことに気づいた。答えと向き合うのが恐ろしくて、疑問を抱かないようにしてきたのだ。

僕の精神のバランスは、疑問を抱かないこと、知ろうとしないことの上に成り立っていた。

考えないようにすること。

生活の領域をはっきりと分けること。

僕とジョヴァンニの部屋があり、家のほかの部分があり、学校や友だち、そしてバスケといった、家の外での生活があった。

毎朝、僕は逃げるようにして学校や体育館に行き、友だちのくだらない冗談や悪ふざけで頭を満たす。そして、ふたたび自転車(フォスカ)にまたがり、まるで時空の間隙(かんげき)を生み出そうとするかのように全速力でペダルをこぎ、もう一つの次元に飛びこむのだった。そこでは、外の世界とは別の重力が作用し、別の人間が暮らし、別の物理の法則が支配している……。

そのとき、ドアをノックする音がした。

閉じていたまぶたを持ちあげると、まるで鰻(うなぎ)のように身をくねらせているドアノブが見えた。いったいどれくらいの時間、僕はその虚(うつ)ろな空間を浮遊していたのだろう。

「ジャコモ！　ねえ、なにをしてるの？　ドアを開けてちょうだい」

母さんだ。

僕は、流れていた「スロー・チーター」をポーズにした。ちょうどアンソニー・キーディスが「のろまなチーターがやってくる。かなり気分がハイらしく、奴らの言うことなどお構いなしさ(スロー・チーター・カム・イッツ・ソー・エウフォリック・ノー・マター・ホワット・ゼイ・セイ)」と歌っていたところだったのだけれど、その歌詞が僕になにかを伝えようとしていることには気づかなかった。ドアの向こうで母さんが、イルカになら容易に感知できそうな周波数で、ドアを開けて出ていらっしゃいと僕に命じていた。ご飯の支度ができてるのよ、と。

僕は、これ以上黙っているわけにはいかないと心を決めた。僕が思い悩んでいることを家族と共有すべきだ。ところが、僕がキッチンに下りていって——アリーチェとキアラはすでにフォークを片手に、グリッシーニ〔スティック状のパン〕をつまみはじめていて、お祖母ちゃんはまだレンジのところにいた——「ねえ、ちょっと。話があるんだ……」と口にしかけたところで、父さんに連れられたジョヴァンニが、まるで台風のように転がりこんできて、全員を順にハグするという、恒例のただいまの儀式を始めたのだった。

靴もジャンパーもかばんも脱ぎ散らかしながら、真っ先にアリーチェめがけて走っていき、ぎゅっとハグした。アリーチェはお返しにジョヴァンニをくすぐり、ジョヴァンニが笑う。そのまま二人はしばらくじゃれ合いながら、前日、二人が思いっきりウケて、お腹の皮のよじれるほど笑い合った言葉を何度も繰り返す。やがてジョヴァンニはアリーチェから離れると、ひとっ飛びでキアラのところへ行き、ハグをする。その日、学校でどれだけ頑張ったのか、何点をとったのか、得意そうに話しはじめる。次いで、お祖母ちゃんのいるレンジのところに向かう。ジョヴァンニが家に入ってきたときから、お祖母ちゃんは挨拶するタイミングをうかがっていたのだ。二人は無言で目と目を合わせると、優しくなであう。それからジョヴァンニが、「今日のごはぁんは、なぁに？　おぉばあぁぁちゃん」と、母音を引きのばすような独特の話し方で訊く。「パスタぁよぉ」お祖母ちゃんもまねをして答え、彼のお尻をぽんとたたく。それが終わると僕のところに来て、お腹に二発ほどパンチをくらわせ、戦いごっこを仕掛けてくる。でも、僕はそんな気分になれなかったから、弟を押しのけた。すると彼は弾みでつまずき、床に転がったかと思うと、けらけら笑いだした。

床を転げまわり、宇宙でいちばん愉快なことが起こったと言わんばかりに笑っている弟を見ながら、僕は思った。ジョヴァンニはたくさんの問題を抱えているけれど、特殊な才能を持っている。彼とかかわる人たちみんなと、それぞれに異なる物語を紡ぐことができるのだ。彼に引き寄せられる人たち一人ひとりとジョヴァンニとの関係を一冊の本にまとめたら、『指輪物語』よりも長い小説ができるだろう。ジョヴァンニはいくつもの世界を創り出す。僕たちはみんなジョヴァンニと手をつないで歩いているのに、見えている景色はそれぞれに異なる。なにより驚きなのは、ジョヴァンニは相手によっていろいろ違う顔を見せるくせに、いつだってありのままのジョヴァンニだということだ。数学の場合、いったん正解を導く方法がわかったら、そのやり方を当てはめさえすれば、いつでもおなじ結果にたどりつく。ところがジョヴァンニは違った。どちらかというとバスケに近い存在だ。いったんシュートが決まったからといって、同じ動きを繰り返しても次のシュートには結びつかない……。そう考えたとき、僕は自分なりのシュートの仕方を編み出さなければいけないのだと思い至った。それも、自力で。

けっきょく僕は、誰にもなにも話さないことにした。

昼食のあいだじゅう、ジェノヴァ風ペーストの香りと、家族のお喋りにくるまれながら、僕はひとり自分の考えにふけっていた。

部屋にもどった僕は、さっきポーズしたところから、「スロー・チーター」をふたたびかけた。三番が始まった。「誰しも話したいことが山ほどある（エヴリワン・ハズ・ソー・マッチ・トゥー・セイ）。喋って喋って喋りまくる（ゼイ・トーク・トーク・トーク）。自分たちの人生について（ゼア・ライヴス・アウェイ）。ためらうこともなく（ドント・イーヴン・ヘジテッド）」ただし、ボリュームは低く抑えておいた。ヴィットに電話をするつもりだったからだ。

　ヴィットとならば、何時間でもくだらない冗談を言い合えるし、エンジンでも分解するかのようなノリで世の中を解体し、どんな仕組みになっているか一緒に考えることもできる。僕と彼とはそんな友だちだった。

「おい、ヴィット、どうしてる？」

「おお、ジャックじゃないか。順調さ。そっちは？」

「物理の授業で滑車について説明しろって言われた。わけわかんないよ。滑車ってなんだ？」

「きっと、どっかに車がついてるんだろう」

「それが滑りまくる……」

「あるいは、カツを山ほど積んだ車とかな」

「そんなもん勉強して、なんの役に立つんだ？」

「役に立つわけない。まあ、平方根の有理化みたいなもんさ」

「やめてくれ。せいぜい学校なんて、宿題をしてないことがバレないように知恵を働かせる場所さ」

「いや、いかにして女子からおやつをせしめるかを考える所だ」

「サバイバル訓練ってところだな」

「まあ、そういうことだ」

「そうそう」

「オレオのチョコクッキーを手に入れるためなら、なんでもする」

「同感だね。おまえんとこの犬だって売るよ」

「いや、犬はやめてくれ。あいつは、宿題をサボる口実として有益なんだ」

僕は思わず吹き出した。ヴィットも笑っている。

「なあ、チャリで出掛けないか?」と僕。

「どこへ?」

「行き当たりばったり。余計な考えごとをしないですむように」

「おまえが〝考えごと〟だって?」心配そうな声でヴィットが言った。

「迎えに行く」僕は言った。

「オーケー」

「じゃ、あとで」

僕は電話を切ると、リビングに行った。

「出掛けてくる」相変わらずキッチンの食卓に座って、なにやら喋っている母さんたちに告げた。

「どこへ行くの？」

「ヴィットとチャリで」

「宿題は？」

「すんだ」

「いつ？」

「学校で。美術のセンコーが休みだった」

「美術の誰だって？」わからなかったふりをして、父さんが訊き返す。

「先生だよ」

「いつ帰るの？」

「そのうち」

「なるほど」父さんが僕の言葉尻を捉えてギャグを言った。「たまにはあのうちに帰ったっていいんだぞ」

僕はあきれたように頭をふると、愛車のフォスカをとりに中庭へ行った。

ヴィットは黒の自転車を電柱に立てかけ、家の外に出て待っていた。僕らは喋りながら自転車をこぎ、一時間後には家とは反対側の町外れに出ていた。カステルフランコの端から端までなんて、しょせん高が知れている。目的地もなしに自転車でふらふら走りまわるのは、いい気分だった。どこへ行くかもわからず走っているのだから、迷子になる心配もない。僕らはいかにもかったるそうに、ヴィットのクラスメートで急に胸がデカくなったというマルティーナの話や、このあいだの僕らのバスケの試合は、ゴールデンステート・ウォリアーズ〔カリフォルニア州オークランドを本拠とするプロバスケットボールのチーム〕のまさかの敗北との一致点が多すぎること、フェデリカ叔母さんが持ってきてくれた新しいＣＤのことや、なんで〈ヤフー知恵袋〉にはあんなにくだらない質問ばかり寄せられるのかといった、とりとめもない話をしていた。

　夕方近くになると、ヴィットの家に戻ってあがりこんだ。おばさんがおやつを持ってきてくれた。僕らはすぐに、〈ＦＩＦＡシリーズ〉で、サッスオーロ対フロジノーネのゲームを始めた。僕は、いつものように、カテッラーニとノゼッリをセンターフォワードに配置する。ヴィットは、サントルーヴォとステッローネだ。前半戦の終わり間近で、カテッラーニの惜しいシュートがポストにはじかれた後、僕はヴィットにピゾーネのことを訊いてみた。

「ヴィット、ピエルルイジ・アントニーニって知ってるだろ？」

「ピゾーネのことか？」

「そうだ」

「知らないわけがないだろう。お祖母ちゃんの家の近所に住んでる」

「あいつ、しょーもないことばっかり言うよな。まるで、この世に自分の知らないことはないみたいな口ぶりだ」

「マジでなんでも知ってるからヤバい。病院に収容すべきだよ」

「あいつ、ジョヴァンニの話をしてきた」

「なんて？」

　病気だとか、長生きしないとか言われたことを口にしかけた瞬間、カテッラーニがゴールを決め、僕は思わず大興奮した。ペナルティエリアの外からサイドネットに突き刺さる、見事なシュートだった。そんなシュートを見せつけられると、言葉なんて完全に無意味となり、母音も子音も融（と）けて混じり合った、白熱の塊となる。僕はTシャツを脱ぎ捨て、ソファーのまわりを二周まわった。

　その後、僕がソファーに座りなおし、センターからキックオフすると、ヴィットが訊いてきた。

「それで？」

「それでって？」

「ピゾーネになんて言われたんだ？」

　僕は肩をすくめた。「なんでもない。くだらない話だ」

「まあそうだろうな」ヴィットは、僕のクロスパスをフィールドの中央にヘディングで押しもどしながら、言った。「あいつの言うことは、すべてくだらない」

それからの二か月を、僕はひどくちぐはぐな感覚で過ごした。

たとえるならば、ダイビングスーツを着て、片方の手に野球のグローブをはめ、もう片方の手にはカーリングブラシを握り、ローラースケートシューズを履いてサッカーをしているような感覚だった。その二か月、僕はなにがなんだかわからなくなっていた。クリスマス用にいろいろなギフトを詰め合わせた籠があるだろう。ワインだとか、アーモンドだとか、パネトーネ〔クリスマスに食べるドーム形のフルーツケーキ〕だとか、カナッペだとかが入っている籠だ。ちょうどあんな感じで、僕の気分は毎日ころころと変わった。それどころか、日に何度もだ。

あの頃の僕にとって、数少ない確かな存在はフェデリカ叔母さんだった。フェデリカ叔母さんは、母さんのたった一人の妹だ。当時、叔母さんは〈ノースポール〉というバンドでベースを弾いていた。僕からしてみれば、ニルヴァーナにも引けを取らないほどのバンドで、フェデリカ叔母さんは僕の憧れの存在だった。叔母さんの毎日は、音波や高周波、バイブレーションといったもので成り立っていた。朝食にはロックをむさぼり、昼休みには職場のあるヴェネツィアの橋のたもとで、

『ニュー・ミュージカル・エクスプレス』を読み、夜はカントリーとフォークのシャワーを浴びる。〈ノースポール〉のヴォーカル、パオロ叔父さんと一緒に暮らしていた。結婚はしていない。心がつながっていればそれで十分だと二人は言っていた。それを役所に証明してもらう必要なんてないと。

ジョヴァンニが生まれる前まで僕らマッツァリオール一家が住んでいた家を借りて、そこに二人で住んでいた。家にはパチョリの香やカウンターカルチャーの匂いがぷんぷんただよい、仏像をはじめ、インド風のインテリアでいっぱいだ。壁の内側には、インドやネパール、チベットや中国など、東洋世界がつまっていた。パオロ叔父さんに「天国への階段」のアルペジオの弾き方を教えてもらいながら、僕は、住む人によって家というのものがここまでがらりと変化することに驚嘆していた。

うちに遊びにくるたびに、フェデリカ叔母さんは新しいCDを持ってきてくれた。

「こんにちは、叔母さん。今日は何？」

「ニール・ヤング」叔母さんは机の上にCDを置く。

「いちばん好きなトラックは？」

「一曲目の、『ヘイヘイマイマイ』かな」

そして、僕が聴いている曲に耳を傾ける。

「これはザ・スミスよね？」

「そうだよ」

「宿題をしながら聴いてるわけ？」

「そう。いけない？」

「いけないに決まってるじゃない。そんなのあり得ない。ザ・スミスの音楽は堪能すべきものなの。甘ったるいジュースとはわけが違うんだから。グラス一杯のプロセッコ〔白の発泡ワイン〕よ。心ゆくまで味わわないと。そのための時間をきちんとつくり、環境を整えてから聴くの。たとえば、『ハンド・イン・グローブ』なんて、歌詞をしっかり聴きとらないと……」

「了解、叔母さん」

「わかったの？」

「わかった」

「これはもう持って帰っていい？」

「どれ？」

叔母さんは、CDの山のなかから、ザ・ドアーズとデペッシュ・モードを引っぱり出す。

「いいよ」

「どうだった？」

「最高だね」

それからしばらく、フェデリカ叔母さんは足を組んでベッドに腰掛けていたが、やがて立ちあがり、こんどはキアラやアリーチェと話しに行った。それぞれ別の話題で盛りあがるのだ。

叔母さんが持ってきてくれるCDは、僕の一週間にリズムを刻んでくれた。音楽は、あの頃の僕が漂流していた感情の渦巻く湖から、個々の気持ちをすくいあげるために役立った。魚捕り網だったら鯉がすくえるし、釣竿だったら鱒が釣れるし、銛だったら真鯛が突ける。ミミズは平鯛を引きつけるし、プラスチックの蠅にはカワカマスが寄ってくる。同様の感覚で、ザ・スミスは哀愁をすくいあげ、セックス・ピストルズは怒りや疑問を浮き彫りにする。ビートルズを聴いていると、思いがけず穏やかな波が、僕を沖合へと誘った。

十三歳の僕は、まだ溝のない音盤にすぎず、世界が僕に溝を刻んでくれるのを待っていた。

ある日、美術のピデッロ先生がしばらく休むことになったから、代理の先生が来ると知らされた。そうしてやってきたのは、なにがなんでも生徒のウケを狙いたがる先生だった。僕は君たちの先生ではありません、親友だと思ってください、みたいな台詞を平然と言ってのけるタイプだ。教室に入るなり、生徒一人ひとりが主役だといわんばかりに、自己紹介を順にやらせはじめた。途方もなく時間がかかる。三年生になっていた僕は、もはやクラスメート全員を知りつくしていた。ロレンツォはサッカーが得意。マッテオは英語がぺらぺらでオックスフォードの学生顔負け。エリザの趣味は詩を書くこと……。いまさら自己紹介を聞くまでもなく、みんな知っている。正直、うんざりだった。そこで、一時間昼寝をしようと思った。ところがだ。その代理教師が、全員、好きな音楽も言うようにとつけ加えた。

これはおもしろくなってきたぞ……と僕は思った。

そうして僕は、ラウラがモーツァルトを聴いていることを初めて知った。ヤコポはヒップホップ、非の打ちどころのないアリアンナは、マムフォード・アンド・サンズを聴いているらしい。それだけでもう、プロポーズしたくなる。クラスの大半は、いわゆるヒットソングを聴いていた。僕は、ラジオでその手の音楽が流れてこようものなら、脳が汚染されないようにすぐにチャンネルを替えてしまう。

「俺はジュリオ。好きな音楽はブラック・アイド・ピーズ。サッカーが得意です。二年前に引っ越してきました。趣味はミステリーを読むこと。あと、スキー……」

まずい。次は僕の番だ。

「……以上おしまい」と言ってジュリオは座った。

「ありがとうジュリオ。次は誰の番かな？」

僕は立ちあがった。

「チャオ」と挨拶から入る。「ジャコモです。ジャコモ・マッツァリオール。身長は高くないけれど、バスケをしてます。趣味は映画鑑賞。聴いている音楽は……」

その瞬間まで、僕は、正直に好きなバンド名を並べるつもりでいた。本当だ。生まれて初めて、僕の音楽の教養をみんなの前で披露するチャンスがめぐってきたのだ。『ローリング・ストーンズ』誌のライターにだって負けない自信があった。ところが、続きを言おうと口をひらきかけたところで、なぜか固まってしまった。そのとき、僕はなんだって好きなように言えた。僕の最愛のシンガーが、エンター・シカリのルー・レイノルズだなんて、誰も知らないのだから。僕のベッドわきのテーブルにお祖父ちゃんの写真が飾ってあるなんて、クラスの誰も知らないのとおなじことだ。誰も、僕のことをよく知らない。ふと気づくと、本心とは裏腹に、「聴いている音楽は、タイオ・クルーズです」と口から出ていた。

そして、僕はそのまま着席した。

「ありがとうジャコモ。素晴らしいね」代理の先生が、クラスのみんなに拍手を求めかねない勢いでほめたものだから、冷や汗がたれてきた。

いまの僕の自己紹介に、素晴らしい要素などひとつもなかった。タイオ・クルーズ？　僕は考えこんだ。本当にタイオ・クルーズなんて言ったのか？　あの屑みたいなミュージシャン。「ブレイク・ユア・ハート」にしろ、「ハングオーバー」にしろ、最低の曲じゃないか。なんで僕はタイオ・クルーズなんて言ったんだ？　どうして本当のことを言わなかった？　なぜそこまで自分を偽りたがる？

　教室では自己紹介が続いていた。全員が終わると、先生はさも満足げに締めの挨拶をしたかと思うと、僕たちのことを山ほどメモしたモレスキンの手帳を抱えて出ていった。二週間後にはいなくなるというのに、あんなものがいったいなんの役に立つのだろう。

　休み時間を知らせるチャイムが鳴り、みんな小走りで教室を出ていった。誰がいちばん早く校庭に出られるか競い合っているのだ。僕は、まるで椅子に糊づけされたみたいに動けなかった。お腹もすいていなかったし、外に出たいとも思わなかった。窓から射しこむ陽光さえも煩わしかった。誰かあの光を遮ってくれないものかと思った。僕は座ったまま、黒板に書かれていた「一七九三年、マラーの死」という文字を凝視していたけれど、見えてはいなかった。好きな歌手がタイオ・クルーズだなんて嘘が平気でつけるのなら、ほかのどんなことでも偽れるはずだ。ジョヴァンニのことだって。弟なんて存在しないふりを貫くことも、僕の世界を、「自分の部屋」「家」「学校」というように区切って生きていくこともできるだろう。答えなんてしょせん役に立たないと決めつけ、疑問が頭をもたげるそばから握りつぶすことだってできる。

僕は休み時間が終わったことにも気づかなかった。みんなが教室に戻ってきたことにも気づかなかった。次がなんの授業だったかも、どんな宿題が出たかも憶えていない。すべてが僕の上をぼんやりと通りすぎていった。その日最後の授業の終わりを告げるチャイムが鳴ると、機械仕掛けの人形のように立ちあがり、机の上に意味もなくひろげられていた教科書や筆箱をリュックにしまうと、家に帰りかけた。廊下に出たところで誰かに肩をたたかれ、しぶしぶ振り向く。

アリアンナだった。心臓が一瞬止まるかと思った。

「ジャック」

「なに?」

「訊きたいことがあるの」

僕は無言でうなずいた。

「あなた、タイオ・クルーズなんて好きじゃないでしょ?」僕の顔に向けられた彼女の視線が、額、あご、頬、鼻となぞっていく。ちょうど地下鉄の駅前の地図で、「現在地」と記された赤い四角を探しているときのように。

「ああ」僕は答えた。その声には、驚きも、羞恥心(しゅうちしん)も、皮肉もこもっていないことに、言ってから気づいた。

「どういうこと？」アリアンナは眉根を寄せて、僕の弁明を待った。でも僕には、なにも説明できなかった。

自分の行動を解き明かしてくれる言葉があるのだとしても、僕はそれを知らなかった。自分の心にスポットライトをあてられる思考法があるのだとしても、僕にはそんなふうに考えることはできなかった。自分の心の奥でもつれ合う感情を整理する工具が存在するのだとしても、僕の道具箱の中には入っていなかった。

アリアンナはしばらく僕の返事を待っていたけれど、僕がいつまでも押し黙っているものだから、なにもなかったかのようにすっと右に避けけ、校門の外へと流れていくスウェットや小突き合いや笑いの渦にのみこまれていった。僕はうろたえ、その場で岩のように立ちつくしていた。

5 誰もがみんなトビウオ

僕はその年の冬、どこか落ち着きがなかった。自意識に目覚める前というのは、得てして落ち着きがなくなるものだ。僕は、なにか新しいことが起こらないか、僕の日常を揺さぶる出来事が起こってくれないかという期待感とともに、新年を迎えた。

ブルーネとスカーに出会ったのはそんなときだった。きっかけは、教会の集会所でひらかれた音楽フェス。地元のバンドに演奏のチャンスをつくるためのイベントで、各グループが友だちを十人ずつ連れてくれば、結構まとまった数の集客が期待でき、本物のコンサートで演奏している気分になれるという趣旨だった。

ブルーネとスカーの二人組だから、バンド名は〈ブルーネ&スカー〉。二人ともヴォーカル兼ギターだった。〈ブルーネ&スカー〉は、ほかのバンドとは一線を画していた。最新のヒットソングは演奏せず、マイクに唾を飛ばしながらラップを歌うこともない。ホールの喧騒（けんそう）のなかで、イギー・ポップの「ザ・パッセンジャー」と、デヴィッド・ボウイの「スターマン」と、ディランをさらにロック調にアレンジした「風に吹かれて」を披露した。二人とも僕より一つ上で、曲のセレクトを見た時点で、演奏内容をとやかく言うまでもなく、友だちになれるという確信が持てた。

日頃から、僕には音楽の趣味を基準にして友だちを選ぶという悪い癖があった。聴いている音楽の趣味が合わなそうだと、なにかと口実を見つけて距離を置く。

「どんな音楽を聴いてるの？」

「リアーナ」

「悪い、二年の時に行った修学旅行の時の寝不足がまだ解消できてなくて」

「タイオ・クルーズ」

「ごめん、急いで帰らないと。あと十分でヨーグルトの賞味期限が切れるんでね」

とまあ、こんな具合だ。僕なりのランク付けがあって、音楽は、それ以外のものの価値をゼロにしてしまうくらい、僕にとって重要なウエイトを占めていた。リアーナやタイオ・クルーズを聴いている女子はみんな、代わり映えしないものと思っていた。どの子もみんな表面的で、毎朝六時四十五分には起床し、猫好きで、ベジタリアン……というイメージだ。

言うなれば、絵画そのものではなく、説明書きを見て判断するようなものだ。

それはともかくとして、僕と〈ブルーネ&スカー〉は、波長がぴったりと合った。

その日、僕ら三人は、好きなバンドについて語り合い、「毒性（トクシシティ）」は、システム・オブ・ア・ダウンの最高傑作か否かを議論し、ボブ・マーリーのようなミュージシャンは、二度とあらわれないだろうという点で意見が一致した。

ブルーネの本名はピエトロ。四歳のとき、グラスに注がれていたブルネッロ・ディ・モンタルチーノ〔トスカーナ州でつくられる赤ワインの銘柄の一つ〕を、コカ・コーラと勘違いして一気に飲み干したときから、「ブルーネ」と呼ばれるようになったそうだ。一方、スカーの本名はレオナルド。『ライオン・キング』のキャラクター、スカーに似ているから、そんなあだ名がついたらしい。

「本当は、ギターの腕が未熟（スカルツ）だから、〝スカー〟ってあだ名になったんだよ」僕のことを肘で小突きながら、ブルーネが言った。

スカーは聞こえなかったふりをして、僕に話をふった。

「それで、おまえのあだ名は？」

「棍棒（マッツァ）」と僕が答えた。

「人を棍棒（こんぼう）で殴るからか？」と、スカーが言えば、

「いや、みんなから殴られてばかりいるからだろう」とブルーネが突っこむ。

僕は、眉を弓なりにして笑った。

「そうじゃなくて、名字を縮めただけさ……」

「おまえの名字、なんだっけ？」

「マッツァリオール」

「カッコいいな」

「まあな……」

ある日のこと。二人と会うようになって二か月ほどの頃だから、おそらく二月だったと思う。三人でチャリを乗りまわしていたのだけれど、サイクリングには寒すぎる陽気だった。ちょうど、うちに誰もいない日だったので、地下室にこもって演奏に集中しようと提案した。

ふだん誰かしら人のいるマッツァリオール家が完全に留守になるには、奇跡ともいえる偶然が重ならなければならない。父さんは仕事、母さんは診察のためにジョヴァンニをどこかの病院へ連れていき、キアラもアリーチェも、友だちの家かダンススクールかスイミングに行っているというように。当然ながら、僕がバスケやそのほかの用事のない日でなければ意味がない。たとえ家がもぬけの殻でも、僕が用事で出掛けていたら、自由に使えないのだから。水曜日の午後、ごく稀に、そんな、惑星が一直線に並ぶのにも似た現象が起こることがあった。家族全員出払っていて、僕だけとりたてて用事がない。その日は、たまたまそんな水曜だった。

「来るかい？」

「どんな楽器がある?」ブルーネが尋ねた。

「ギター二本」と僕は答えた。「エレキ一本に、アコースティック一本。それと、キーボード」

「いいねえ」

「キーボードを弾けるのか?」

「弾くというより、たたいてるって感じだけどな」

「行こうぜ」かじかんだ手に息を吹きかけて、こすり合わせながらスカーが言った。

「指が凍る前にたどり着きたいね。凍傷で指を切断したら、ギターが弾けなくなる」

メタリックグレーの空の下、僕らは栗の木通り(カスターニ)――ただし、この通りで栗(くり)の木を見かけたことは一度もない――まで死に物狂いでペダルをこいだ。二人をうちに誘ったのは、それが初めてのことだった。

家に着くと、門を開けて、いつも自転車を置いている庭の片隅をあごでしゃくった。

「バスケのゴールがあるんだ!」ブルーネが興奮気味に言った。「すごいじゃないか。ボールをよこせよ」

僕は、草むらの陰にあったボールを拾って、投げてやった。ブルーネは、空想上の敵チームの妨害をかわすふりをして、意表をつくために一回転してボールをキャッチし、そのままジャンプシュートしようとした。その瞬間、玄関のほうから僕を呼ぶ声が聞こえた。

「ジャコモ！」

振り返ると、母さんがいた。

「そこでなにしてるの？」僕は思わず尋ねた。

母さんは、周囲を見まわすと戸惑った顔をした。

「わたし？　いちおう、この家の住人ですけど……」

「出掛けるって言ってなかったっけ？　たしかジョ……」そこまで口にした瞬間、僕は、ブルーネとスカーを家に誘ったのは、誰もいないと思っていたからだけど、とどのつまり、ジョヴァンニがいないという確信があったからなのだと気づいた。僕は続きをのみこんだ。ブルーネとスカーが相変わらずシュートに夢中になっていることを確認してから、母さんのすぐそばまで行った。そして小声で、「ジョヴァンニとどこか出掛けるって言ってたよね？」と言った。

「ええ、でも、ジョヴァンニは少し熱があるみたいなの。だから書類を受け取るために一緒に並ばせるのもかわいそうかと思って。部屋で静かに遊んでるわ。お友だちはあがっていくのよね？」

「いや、うちには……えっと、そのつもりだったけど……でも……」

「お邪魔します」ブルーネとスカーが、ボールを小脇に抱えてやってきた。

「いらっしゃい。二人とも初対面かしら。お名前は？」

「ピエトロです。でも、みんなにブルーネって呼ばれてます」

「俺はレオナルド。あだ名はスカー」

「わたしはカティア。家では、『ママ』とか『母さん』って呼ばれてるわ。陰では違う呼び方もあるみたいだけど……。冷蔵庫に飲み物が入ってるから。あとトーストも作って食べてちょうだい。ゆっくりしていくのよね？」

「もちろん」とスカー。

「喜んで！」とブルーネ。「そうさせてもらいます」

僕は早くも爪を噛みはじめていた。母さんがジョヴァンニにかかわる言及をしませんようにと、心の中でひたすら念じていた。さいわい母さんはなにも言わず、コートを着ると出掛けてしまった。僕たち三人は、バスケの話をしながらキッチンへ行った。僕はとりあえずコップにコカ・コーラを注ぎ、トーストの準備をした。パンをトースターに入れると、ちょっとトイレに行ってくるからあとは頼むと言って、急いで二階にあがった。盗っ人さながらに部屋のドアノブを回した。ドアがゆっくりとひらき、隙間からジョヴァンニの姿が見えた。ドアのほうに背を向けてベッドに座り、本をめくっている。僕は部屋に入っていき、忍び足で近づいた。読んでいたのは恐竜図鑑だった。そのとき、弟は僕に気づき、顔をぐるりとこちらに向けた。

「ジャック！」

「やあ、ジョー。なにしてる？」

「本を読んでる」

「すごいな。本を読んでるんだ。偉いね」僕はほっぺたをかいた。「いいか、母さんはちょっと出掛けてくるって。兄ちゃんは……兄ちゃんはこれから大事な用事がある。学校の宿題だ。地下室にいる。一人じゃないとできないことなんだ。わかるな？　だから、おまえはこのまま部屋にいるんだぞ。いいか？　大きな音を立てるなよ。ここで静かに本を読みながら……」棚の上のiPodが僕の視界の隅に入った。「音楽を聴いててくれ。なんなら、いいヘッドフォンを貸してやってもいいぞ」

「いいヘッドフォン！」ジョヴァンニは、まるで世界一周旅行に連れていってやると約束してもらったかのように目を輝かせた。

僕はヘッドフォンを持ってきて、弟にかぶせてやると、適当なプレイリストをスタートさせた。実際、音楽と恐竜の本は、ジョヴァンニが何時間でも集中できる組み合わせだった。もしかすると、このまま夕飯まで部屋でおとなしくしているかもしれないという期待が持てた。僕はほかの恐竜の本もかき集めて、サイドテーブルの上に積みあげておいた。

そして、そのままあとずさりした。しばらくジョヴァンニの様子を観察する。熱のせいか少し元気がなさそうだったけれど、いつもとおなじように穏やかで、ベッドの上で腹ばいになっていた。音楽の拍子に合わせて頭をふり、指で本をとんとんと叩きながら、恐竜の絵の世界に完全に入りこんでいた。

秘密……。そう、ジョヴァンニは僕の秘密だった。ほかにもいろいろある、他人(ひと)には明かさない秘密のひとつ。ジョン・レノンのポスターの下に貼ってある、胸がほとんどはだけている女の子のポスターみたいな。二番目の引き出しに隠し持っている、スラングだらけの『ライ麦畑でつかまえて』みたいな。母さんに見つからないよう、ヴェルヴェット・アンダーグラウンドのジャケットに入れているメガデス（母さんは、このグループを毛嫌いしていた）のCDみたいな……。

僕はまるで神殿から出るように、静かにあとずさりしながら部屋を出た。ドアを閉めると、ジョヴァンニの姿が隙間の向こうに消えていった。ごめんごめんごめんと心の中で強く念じて弟に謝りながら、廊下の壁にしばらく背中をもたせかけて、目を閉じた。いったい僕はなにをしているんだろう。母さんが言っていたじゃないか。兄弟を愛するということは、愛すべき誰かを選ぶことではなく、ふと気づいたら自分で選んだわけではない誰かが隣にいて、その人をそのまま愛することなのだと。愛するという行為を選択することであり、愛する相手を選ぶことではないのだと。でも、僕にはそれができなかった。僕自身が誰かに好かれる必要があったからだ。誰よりも、友だちやクラスメートに好かれたかった。ジョヴァンニのことが知られたら、みんなにからかわれ、評判がた落ちになると思いこんでいた。

ジョヴァンニを愛することと、僕自身が好かれること……。

そのときの僕は、自動小銃のＡＫ‐47を携えて、平和のために戦おうとしているようなものだった。

僕はキッチンに戻った。

「どこまで行ってたんだ？」トーストをかじりながら、ブルーネが訊いた。

「いや、べつに……」

「ジャコモ、なんか変なものがあるぞ……」

隣の部屋からスカーの声がした。

「洗濯場に入りこんで、なにをしてるんだ？」僕は追いかけていって尋ねた。

「トイレを探してたんだけど……。この管はなんだ？」

スカーが指差したのは、父さんのしょうもない発明だった。壁からぬっと突き出したその管は、小さな子どもだったら通り抜けられるくらいの太さがあり、二階の各部屋から洗濯場までつながっていた。家をリフォームしているときに父さんが造らせたもので、そこに汚れた服を投げ入れれば、洗濯場に置いてある籠の中に直接滑り落ちる仕組みになっていた。

「おまえの親父さん、天才だな」

「単に頭がおかしいんだよ」

「つまり、この管をのぼっていけば、おまえの部屋に出るってわけだな？」そう言うなり、管の中に潜りこんだスカーは、すぐに頭がつかえてしまった。「やばい、身動きがとれない」

「このまま放っておくか？」ブルーネは言った。

「いいねえ」と僕は返した。

「上から、おまえの汚いパンツを投げ入れてやろうぜ」

最高のアイディアに、僕は顔を輝かせ、さっそく二階に走っていって、汚れた服を手当たりしだい投げ入れてやろうと思った瞬間、ジョヴァンニのことを思い出した。

「残念ながら、母さんが今朝、洗濯したばっかりなんだよね……」そう言うと、干してある洗濯物を指差した。「仕方ない、引っ張り出してやるか」

その後、僕らは地下室にこもり、一時間あまり演奏した。僕はキーボードの才能のなさをさらけ出し、ブルーネとスカーは楽しそうに僕のギターを弾いていた。僕らは十四歳らしく、くだらない冗談を言い合っては笑い転げていた。笑いながらも僕は、自分の笑顔の下に隠された、弟がいきなりあらわれたらどうしようという不安を二人に気づかれないことを祈っていた。

頭のなかで僕は、ジョヴァンニが階段のところに立っている光景を思い浮かべていた。弟の姿を見た二人は、演奏の手をぴたりと止め、石のように固まってしまうのだ。ジョヴァンニはあらわれなかった。

そうやって二時間あまりが過ぎ、やがてブルーネが時計を見て、まずい、もうこんな時間だ、家に帰らないと、と言った。僕は、二人を自転車置き場のところまで送った。そこで、さんざん言い合った冗談では飽き足らないとでもいうかのように、またしてもくだらない駄洒落を二、三発言ってから、拳と拳をぶつけるグータッチをした。僕は門を開けると、カスターニ通りを遠ざかっていく二人の後ろ姿を、その場でぼんやりと眺めていた。やがて二人はカーブの向こうへと消えていった。

空を見あげると、周囲の光に冬が感じられた。

僕はゆっくりとした足取りで家の中に戻った。でも、ゆっくりしていたのは身体だけで、心は全力疾走していた。大急ぎでキッチンを走りぬけ、リビングには目もくれずに階段をのぼり、踊り場も通り越して、僕らの部屋のドアの前に立ち、すでにドアを開けようとしていた。先を越されてなるものかと、僕の身体も慌ててあとを追いかけ、心がドアノブを回しているところでなんとか追いついた。その二時間、ジョヴァンニがなにをして過ごしていたのか、見当もつかない。ベッドの上からまったく動かなかったかもしれないし、窓から机を放り投げてしまった可能性だってある。

僕は部屋のドアを開けた。

ジョヴァンニは、二時間前にドアを閉めたときとまったくおなじ姿勢だった。視線は（さっきとは別の）恐竜の本に注がれ、耳にはヘッドフォンを当てている。僕はベッドの端に腰かけ、ジョヴァンニの背中をぽんとたたいた。弟は振り向いて、にかっと笑った。

それから、お腹の下敷きになっていた〈カエルのラーナ〉をつかみ、僕の顔に投げてよこした。

まさに表彰ものだった。僕はジョヴァンニを連れて一階に下りた。『アイス・エイジ』のDVDをつけて、ポテトチップスを持ってきてあげた。ついでに犬のキッシーまで家の中に入れ、ソファーの上にのぼらせた。白に茶色のぶちが入った、ぬいぐるみのような犬だ。ソファーに寝そべったジョヴァンニが、片方の手でキッシーの背中をなで、もう片方の手でポテトチップスをつまんでいる。眼鏡に映るテレビの画面。至福の時とはこのことだった。

いろいろなことがめまぐるしく起こりすぎてぐったりしていたので、僕もソファーにどっかりと腰をおろし、膝を抱えた。そして映像が思考を麻痺させてくれるのを待った。ところが無駄だった。『アイス・エイジ』までが、僕を批判しているような気がした。

映画の冒頭で、スクラットというリスの祖先らしきものが登場する。どんぐりを隠そうと凍った地面に穴を掘っていくうちに、巨大な氷河に亀裂が生じ、二つに裂けてしまう。おかげで南に向かっていた動物たちはそのまま旅を続け、寒さから逃れることができる。僕は、自分の中にどんな動物が隠れているのかはわからなかったけれど、自分がその氷河になったような気がした。亀裂が生じているのを感じたのだ。

「罪の意識」という名の亀裂だった。

それから何か月か、僕は毎晩のように警察の夢を見た。けたたましいサイレンを鳴らして家の前までやってきて、僕を逮捕すると言う。僕はそのたびに、ジョヴァンニを虐待した廉(かど)で逮捕されるのだと思いこみ、一気にまくしたてる。

「誤解です。僕は弟にご飯を食べさせてあげるし、一緒に遊んであげるし、ほかにもいろいろと面倒をみています。弟に連れてってと頼まれれば一緒に出掛けるし……。皆さんが考えているようなことはしていません」

警官は、そのたびごとに異なる反応をする。たとえば、「なにを言ってるんだね、ジャコモ君。きみは数学のテストでカンニングしたから、逮捕しに来たんだよ。罰として、三か月間、一人だけ別の教室でテストを受けてもらうことになる」などなど。

ある日、ヴィットがうちに遊びにきた。一緒に昼ご飯を食べたあと、二階の部屋にあがった。ヴィットはベッドに寝そべり、僕は机の前のロッキングチェアにゆったりと腰掛けた。

「ブロック・パーティのヴォーカルって、ゲイなんだってな」

「マジかよ……」

「本当だ。従兄が言ってた」

「ヴィットの従兄が情報源なら、確かだな」僕は、降参だというように両手を挙げた。それから、話題を変えた「このあいだ、ピゾーネの話をしかけたの、憶えてるか？」

「ピゾーネ？　そんな話、したっけ？　いつのことだ？」

「ヴィットの家で、プレステで遊んでたとき」

「ジャコモ、おまえはいつだって俺のうちに来るし、いつだってプレステをしてる」

「フロジノーネ対サッスオーロ戦。3対2。思い出さないか？」

「ああ」ヴィットは、ハエでものみこんだかのように、顔を奇妙にゆがめた。「思い出したかも」身体を起こすと、ベッドに腰掛け、僕の目をじっと見た。「それで？」

「あのな、ピゾーネはジョヴァンニのことを知ってるんだ」

「知ってるって、ジョヴァンニのなにを？」

「いるってこと」

「それがなにか問題なのか?」ヴィットはふたたびベッドに寝そべった。「なにかたいへんなことでも起こったのかと思った」ヴィットは組んだ両手を枕代わりにした。状況はすべて把握しているとでも言いたげな表情だった。

「中学じゃあ、誰も知らないいんだ」

「嘘だろ?」

「本当さ」

「そんなことが可能なわけ?」

「単に……誰にも話してないだけだ」

「どうして?」

「どうしてって、ジョヴァンニはまだ……大勢の視線にさらされる心の準備ができてない。ジョヴァンニみたいな子は、たちまち取って食われちまうよ。食うか、食われるか……ジャングルの法則ってやつだ」

ヴィットは鼻でせせら笑った。

「なにバカなこと言ってるんだ」

「そう思わないか?」

「じゃあ、なんでピゾーネは知ってたんだ?」

ヴィットが、ピゾーネのことではなく、ブロック・パーティのヴォーカルの話の続きをしたがっていることは明らかだ。でも、僕のためなら、それくらいの譲歩を惜しまずしてくれる奴だった。

「わからない」

「だったら、訊いてみろよ。簡単なこと（イージー）だ。そして、誰にも言うなと念を押す」

「嫌だと言われたら」

「顔面をぶったたいてやると脅せばいい。いいか、ジャック。相手はピゾーネだぞ。恐れることはなにもない（ナッシング・トゥー・フィア）」

　ネイティブの家庭教師に英語をみてもらうようになってからというもの、ヴィットは会話の随所に英語をちりばめる。

「そうかな」

「とはいえ、正直なところ、ジョヴァンニの存在を隠しとおすっていうのは、なかなか難しいんじゃないのか？　ジョヴァンニは人間だ。煙草（たばこ）を隠すのとはわけが違う」

「わかってる」

「それに、どうして隠す必要があるのかも、俺には理解できない……」

　ヴィットは、部屋のあちこちに散らばっている弟の持ち物を順に見やり、〈めんどり貯金箱〉をあごでしゃくった。ほら、そこの〈めんどり貯金箱〉を見ろよ。あの貯金箱になにか悪いことでもあるのか？とでも言うように。

するとヽ僕の口からこんな言葉が飛び出した。

「みんなにからかわれる」

ヴィットはふたたび身体を起こした。

「ということは、問題は、ジョーが世間の食いものにされるってことじゃなくて、おまえ自身が世間の食いものになるのが怖いんだな」

僕はなにも答えずにU2のポスターを見やった。

「そうだ……」僕の視線の先を追いながら、ヴィットが続けた。「U2だ。ボノは最初、きみの音楽なんか売れるわけないと言われて、レコード会社に追い返されたんだ。いいか、ジョヴァンニのことで悩んだら、ボノを思い出せ。他人がどう思うかなんて、たいした問題じゃない」

僕は息を荒くした。

「皆さん、ご注目！」メガフォンを口に当てて客引きをするまねをした。「毎朝、鏡の前で一時間もかけて髪型をチェックする男が、偉そうなことを言ってます」

「短く切られすぎたから気になるだけだろ」ヴィットは自分の前髪を二本の指ではさんで、見ようとしたものの、短すぎて視界に入らなかった。「なかなか伸びてくれないんだ」

僕は、なにも気にするまいと思った。と同時に、ピゾーネとの一件を解決しなければならないとも思った。一度にいくつものことを考えているうちに、それぞれの思考が互いに打ち消し合って、わけがわからなくなってきた。これ以上考え続けたら、ひどい頭痛に襲われそうだった。

「ブロック・パーティのヴォーカルがゲイだなんて、マジで考えられないよな」

僕が話題をもとに戻すと、ヴィットは目で嘆きながら、ザック・デ・ラ・ロッチャのポスターを見て、首を横にふった。

「ほんと、あり得ない」

翌日、僕は七時に目を覚ました。こんな早起きは滅多にないことだ。そして、ピゾーネと話すために、いつもより二十分も早く学校へ向かった。中庭で一方的に話しかけられて以来、僕はピゾーネとまともに口を利いていなかった。早めに登校するという行為は、僕にとって超人的な努力を必要とした。朝が早いと、かばんがいつもより十キロも重く感じられ、布団を出たという自覚すらないまま、通りに立っている自分がいた。おまけに寒かった。そのため、僕の機嫌はすこぶる悪かった。遅刻の常習犯としての自負を保つために、その週の残りの日々は、始業のチャイムと同時に学校に入ると心に決めた。

でも、その日、めずらしく朝早く起きたことによって、それまで一度も見たことのなかった光景を目にすることができた。雨のせいでじとじとになった床の湿気を吸いとるために、おがくずを撒く用務員のおばさんたち。親の出勤時刻に合わせて学校まで送ってもらうために、いつも早く登校しているクラスメートたち。パネルヒーターにくっついて暖まっている子や、慌てて宿題を写す子（個人的には、宿題というものは、家でやるか、いさぎよくあきらめるかのどちらかだと思っている。たとえできていなくても、学校へ行ったら、毅然と前を見つめて、すべてを受け入れるべきだ）。プリントの準備に余念のない先生たち。音楽室では、先生が楽器の調律をしていた。

そこへピゾーネがあらわれた。

黒っぽいコートに身を包み、首に紫色のマフラーを巻き、耳当てのついた帽子をかぶった彼が、教室に入ってきたのだ。眼鏡を外し、曇ったレンズをふいている。

「やあ」と僕は声をかけた。

不意打ちをくらったピゾーネは、あわてて振り向き、もう少しで倒れそうになった。体勢を立て直し、眼鏡をかける。

「なんか用？」

「話があるんだ」

ピゾーネは目を丸くし、助けを求める相手はいないかと周囲を見まわした。ピゾーネにしてみれば、誰かから話があると言われるなんて滅多にないことで、あるとすれば、ほぼ確実にいい話ではなかった。恐怖をたたえた彼の眼差しからは、かすかな驕(おご)りもうかがえた。

「どんな話だ？」

「どうして弟のことを知ってる？」

ピゾーネの唇が皮肉な笑いでゆがんだ。

「うちのお母さんから聞いたんだ」

「おまえの母親はうちの親と知り合いなのか？」

「よく知らないけど、そうかもしれない」

「おまえの母親が、関係のないことに勝手に首を突っこんだんじゃないのか？」

「うちのお母さんは……」

「おまえの母親は、おまえとおなじに決まってるさ」

相手を怒らせたければ、母親を侮辱するのがもっとも効果的だという不文律がある。僕は、本気なのだということをピゾーネにわからせたかった。ところが彼は、それをほめ言葉と受けとったらしい。

「そう、よく似てるんだ。うちは、お母さんもすごく頭がよくて、このあいだなんて、賞を……」

「おまえの母親がどんな賞をとろうと、僕には関係のない話だ。とにかく、おまえも、おまえの母親も、今後うちの家族のことにはいっさい首を突っこむな」僕は、声をひそめても聞こえるくらいの距離まで近づくと、ピゾーネの襟首をつかんだ。「弟のことを誰かに喋ったり、噂を流したりしたら承知しないからな。おまえも、おまえの母親も、ピゾーネの家族全員、二度とこの地球に住めなくしてやる。わかったな？」

「ああ」

「い、い、筏のように無言を貫くんだぞ」

「筏（いかだ）？」ピゾーネは眉をつりあげた。目まで一緒につりあがりそうな勢いだ。

「筏が喋ると思うか？」

「たしかに喋らないけど、その場合は筏じゃなくて……」

「正しくはなんと言うのかなんてどうでもいい。それよりも、おまえがなにを喋ってはいけないかということのほうが重要だ。いいか、喋るんじゃないぞ。おまえが国語で4〔十段階評価〕の成績をとるまでだ」

「国語で4なんて、絶対にとらないよ」

「つまり、絶対に喋るなということだ」

僕は、威厳を見せるためにピゾーネのコートの襟をさらにぐいとつかんでから、映画のシーンをまねて、力いっぱい小突くようにして手を放した。そして、それ以上なにも言わずに視線で射すくめると、一歩後ろに下がり、踵を返して教室に戻りかけた。

その瞬間、まだ廊下を半分も行っておらず、ピゾーネの鼻の影が僕の背中にちらついているうちから、僕は胃の入口あたりに奇妙な塊がこみあげるのを感じた。その塊の正体は、このあいだ感じた亀裂とおなじものだった。「罪の意識」というやつだ。僕はなんてことをしているのだろう。生まれてこのかた、一度だって他人を脅したことなんてなかったのに……。こんなことをする人間じゃなかったはずだ。僕はどうかしてしまったのだろうか。せっかくヴィットが親身になって助言してくれたのに、それを無視して弟の存在を否定し続けるなんて……。

その日の放課後、僕はアリアンナの家に行った。といってもゴスと一緒だ。ゴスの本名はエレットラだけれど、学校での色恋沙汰をすべて把握しているところから、「ゴシップ」を縮めて、「ゴス」というあだ名がついた。三人で、動物の護身術についてレポートをまとめることになっていた。キッチンのテーブルにパソコンを二台置き、何枚もの紙をひろげて作業をしていた。アリアンナの家は、どこかフェデリカ叔母さんの家に似ていて、僕にとっては居心地のいい場所だった。

「これ、おもしろい」ゴスが、動物愛護家のブログで見つけた記事をマウスでスクロールしながら声をあげた。「テキサスのトカゲは、敵を遠ざけるために、やられたふりをして目から血を噴き出すんだって」

「気持ち悪い……」アリアンナがコメントする。

「こっちには、エジプトヨタカのことが書いてあるよ」

「なにそれ?」

「エジプトヨタカ。鳥の一種みたい。捕食者から見つからないように、砂漠の砂にカモフラージュするんだって」

「つまり、砂色の鳥ってわけか。なんか、あまりきれいじゃなさそうだな」と僕は言った。

「ねえ」とアリアンナが声をかけた。「ちょっとひと休みしない? オーブンの中に、チョコと洋ナシのタルトがあるの。お祖母ちゃんの手作りよ」

「賛成。おなじカモフラージュするなら、砂よりも断然、チョコと洋ナシのタルトのほうがいいな」とゴスが言った。

「たしかにおまえ、洋ナシに似てる」

僕が思わずそう言うと、ゴスにげんこつで腕をどつかれた。

「なんだよ。痛いじゃないか」僕は文句を言った。

そのとき、ゴスの携帯が鳴った。ゴスが話しているあいだ、僕とアリアンナはテラスに出て、ロッキングチェアに座った。まだ冬だったけれど、それまでの冷えこみがいくらか和らぎ、陽射しの暖かな日だった。僕らは二人とも、スウェットを着て(僕はワインレッド、彼女はブルー）ウールの帽子をかぶっていた。あまり手入れの行き届いていないテラスには、奇妙な鉢植えがいくつも雑然と置かれていた。どれも冬枯れで花もなく、僕の心の状態に似ていた。僕とアリアンナは無言でタルトをつついていた。ときおり、僕は横目で彼女のことをこっそり盗み見る。たわむれるように降りそそぐ太陽の光で、彼女の髪は栗色につやつやと輝いていた。クッションの上に投げ出された彼女の手は、僕の手の位置から一センチも離れていなかった。

「フィリッポのこと、聞いた？」

だしぬけに、アリアンナが言った。

「フィリッポって、マルトゥッツォのほう？」

「なに言ってるの。マルトゥッツォじゃなくて、フィリッポ・ランジェッラのほう」

「あいつがなにかしたのか？　トイレで煙草を吸ったとか？　教室で罵詈雑言(ばりぞうごん)を吐いたとか？　警察に捕まったとか？」

「どれもハズレ」彼女は感知できないくらいかすかに椅子を揺らしながら、言った。

「おまえの彼氏になったとか？」僕は思い切ったことを口にしてみた。

「なにそれ。どうしてそんなことを言うわけ？」

「言ってみただけさ」僕は目をそらした。

「神学校に入るんだって」

「なんだって？」僕は思わず身体を起こした。「嘘だろ。冗談はやめてくれ」

「冗談なんかじゃない」

「ナンバーワンのセンターフォワードで、女子全員の憧れの的のフィリッポ・ランジェッラが、司祭になるっていうのか？」

「今日、休み時間に本人がそう言ってた」

「ゴスもそのこと知ってるのか？」

「さあ、わからない」

「もし、おまえのほうが先に知ったんだとしたら、あいつ、死ぬほど悔しがるぞ」

アリアンナは笑って、タルトの最後のひと口をのみこんだ。

「フィリッポったら、エジプトヨタカ顔負けのカモフラージュだと思わない？」アリアンナは続けた。「わたしたち、フィリッポのことをよく知ってるつもりだったけど、いままで学校で見せてたのは、仮面だったってことでしょ？　その正体は、みごとに砂のあいだに隠されてた……」

「司祭なんて、誰も想像しなかったよな」

アリアンナは頭でおどけた動きをしてみせた。僕は、残りの人生ずっと、このまま彼女の隣でロッキングチェアを揺すっていたいと真面目に思った。

「でもね……」アリアンナは自分の思考の糸をたぐりながら、話を続けた。それはまるで、迷宮からの出口を教えてくれるアリアドネーの糸みたいだった。「フィリッポみたいな人はほかにも大勢いると思わない？　たとえばジュリオだってそう。ジュリオはクラスでいちばん頭がいいはずなのに、友だちのあいだでは、絶対にそんな素振りは見せないでしょ？　このあいだ、ジュリオとおなじマンションに住んでる女の子とダンス教室で一緒になったの。それで、ジュリオの成績の平均点がクラスでトップだって言ったら、思いっきり笑われた。本当よ。冗談を言ったと思われたの。冗談じゃないってわかってもらうのに、どれだけ苦労したことか。アレッシアだってそうよ。あの子、ディズニーのキャラクターのTシャツが大好きで、クローゼットにあふれるくらい持ってるの。わたし、実際にこの目で見たんだから。あるとき、どうして学校に着てこないのって訊いたら、恥ずかしいからって。学校では素の自分は見せたくないらしい。服とかも普通がいいって。だけど、〝普通〟ってどういうこと？　わたしにはよくわからない」

「この世は、エジプトヨタカだらけってわけか……」僕はつぶやいた。

「そういうこと」

僕は、さらに話を続けるために口をひらきかけたものの、言葉をのみこんだ。アリアンナの手を握りたかった。そして、エジプトヨタカの王様はこの僕なのだと打ち明けたかった。カモフラージュの皇帝だ。くだらないことばかりぎっしりつまった容器。

楽しげにじゃれあう役を演じている。いつだって軽い冗談でまぜかえし、心配ごとなんてひとつもないふりをしている。

僕は、ジョヴァンニのことをアリアンナに打ち明けたかった。そして、いままでずっと隠していたことを謝りたいと思った。彼女ならきっと、大丈夫、気にしないと言ってくれるだろう。そう言ってくれるという確信があった。それなのに、僕の口は、言おうとしていた言葉とは裏腹に、こう動いていた。

「みんなと違っても平気なのは、ピゾーネぐらいだよな。まあ、だから友だちもいないわけだけど」

そこへゴスがあらわれた。

「ねえ、いつまでも休憩してないで、作業に戻ろうよ。じゃないと、椅子に座ってくつろいでるあんたたち二人の写真を先生に提出するからね」

僕は、なにか悪事を働いている瞬間を見られたとでもいうように、慌てて立ちあがった。アリアンナは深呼吸をすると、そのまましばらく目を閉じて、午さがりの陽射しの温もりを顔面に浴びていたが、「次の動物はなに?」と、か細い声で尋ねた。

「トビウオ」ゴスが答えた。

「トビウオって、どんな護身術を使うの?」

「空を飛ぶこと」ゴスは続けた。「あたしたちは、トビウオが空を飛ぶのは気持ちいいからだとか、好きだからだとか思ってるけれど、本当はあれ、敵から必死で逃げている姿なんだって。人間って脳天気だと思わない？　死の危険から逃げようと必死で空を飛ぶトビウオを見て、自由でロマンチックでいいなあ、なんて思うんだから」

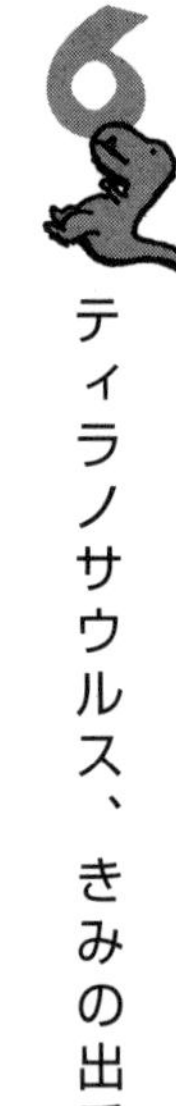

6 ティラノサウルス、きみの出番だ

ある日の午前中、学校の授業の一環として、交通安全の講習会に参加することになった。念入りに準備された講習会で、最初に「教育用」のビデオを見せられた。飲酒運転で起こした事故によって親友を亡くした若者の実体験が語られる。次いで、いかにもスポーツマンといった容姿の若者――カヌー競技の選手――が登場し、酒を飲んで取り返しのつかない道を歩むのとは逆の選択肢を提示する。あんなナイスガイが言うからには、マジで注意したほうがいいと思わせようという魂胆だろう。会場には、ほかの学校の生徒たちも何クラスか来ていた。そのなかに、偶然にもヴィットのクラスもいて、僕はすぐに彼を見つけた。

僕はヴィットの首すじをぽんとたたき、腰を落としてハカ〔マオリ族が戦いの前に踊るダンス〕を模したポーズをとった。僕たちのお決まりの挨拶だった。そして、クラス単位で行動するようにという先生の指示を無視して、クラスメートのいる場所を離れた。ホールの後ろのほうの、どっちつかずの位置に並んで座ったのだ。

「つまり、あのなかに、おまえの好きな子がいるってことだな？」とヴィットが藪から棒に言った。

「誰のこと？　アリアンナ？」

「自分の好きな子ぐらい、自分でわかるだろう。俺に訊くなよ」

僕は、前に座っている二人の男子の頭のあいだから右の方向を指差した。ヴィットが、よく見ようと身体を乗り出す。

「髪が栗色で、赤いTシャツを着てる子か？」

僕は舌打ちをした。まいったな、ちくしょう。当たりだよ、というように。

ヴィットは、賛成できないとでも言いたげに首を横に振った。

「なんだよ」

「ジャコモ、おまえには美人すぎる」

「よく言うよ。ブラッド・ピットじゃあるまいに、よくそんなことが言えるな」

「俺は関係ないだろう。それに俺はあんな高望みはしない。自分のレベルに見合った女子を選ぶよ。たとえそこそこでも手が届く可能性のある女のほうが、物欲しげによだれを垂らしながら何年もつきまとったあげく、なんの結果も得られない女より、いいに決まってる」

「よだれなんかたらしてない」

「まあ、俺の言いたいことはわかっただろう。おい、見ろよ、あいつら……」

四列前にいる二年生のグループが、みんなして携帯の画面をのぞいている。おそらく動画かなにかを見ているのだろう。その背後から、足音も立てずに、まるでサメのように近づいていく先生がいた。

「ヤバい。見つかるぞ……」

案の定、叱られて、携帯は没収された。

生徒たちの話し声がホールじゅうに充満し、氷がひび割れるようなパシパシという音を立てていた。オープニングを任されたカウンセラーが、勇気をふるってその薄氷の上を歩きはじめたものの、撃沈するのは目に見えていた。メモをとるふりをして漫画を描いている生徒や、居眠りしている生徒、壇上を見てはいるものの、頭では別のことを考えている生徒……。みんな思い思いのことをしている。僕らの後ろの席では、年上の、高校生らしき生徒が三人、しきりに喋っていた。僕はとくに彼らの話を気にしていたわけではなかった。

スクリーンにはふたたびカヌー競技の選手が映し出された。たしかに、頭の回転が速くてユーモアもあり、説得力のあるカッコよさだった。

そのとき不意に、後ろの席の生徒たちの話し声のあいだから、〝ダウン〟という言葉が聞こえてきた。僕には、その言葉だけが溶岩のような熱を帯びているように感じられた。

振り向きこそしなかったものの、僕の耳は、まるでラジオ受信機のように三人の会話に周波数を合わせ、ほかの音をことごとくシャットアウトした。

一人が、うちの犬は、餌の器が決められた位置に正確に置かれていないと、食べようとしないし、とにかくバカなことばかりしていて、まるで〝ダウン〟みたいだ、と言ったのだ。それを聞いていたもう一人が話をさえぎり、俺のうちの犬のほうがよっぽど〝ダウン〟だよ、昨日なんて、テレビで猫の鳴き声を聞いたとたん、猫を探そうとして家じゅうを駆けずりまわり、あげくの果てにガラスの花瓶を落としやがったと返した。すると三人目が、それなら、叔母さんのところの犬だよと言いはじめた。犬のくせに、ハエを怖がるんだ。家にハエが一匹でも飛んでいようものなら、洗濯機の後ろにもぐりこんで出てこなくなる。前にも、ハエにたかられそうになって焦りまくり、バルコニーにつけてあった猫用の小さな扉に頭を突っこんで、そのまま前にも後ろにも進めなくなったことがあったし……。

僕は、誰かを探すふりをして振り返り、会話の主の顔を見た。なんと言えばいいのだろう。三人は、どこからどう見てもごく普通の学生だった。取るに足らない冗談を言っていたにすぎない。それくらいの年ごろの男子がよく交わすような、たわいのない会話で、べつに悪気があって〝ダウン〟という言葉を使っているわけではなかった。

その頃の僕は、なぜか、誰もが〝ダウン〟という言葉をいつも口にしているのではないかという強迫観念にとり憑かれていた。さまざまな場面で、強調したり皮肉を言ったりするときに、誰もがその言葉を会話に挿入しているような気がしたのだ。

僕は、後ろの連中に聞かれないように声をひそめて、ヴィットにそのことを話してみた。ヴィットは、どんな話題でも、前もって準備していたかのような返事をする。

「そう言えばな、このあいだ、おやじの車が盗まれたんだ。黒のトヨタ・ヴィッツ。それ以来、外を歩くたびに、あちこちで黒のトヨタ・ヴィッツを見かけるようになった。ほんと、信じられないぐらいだ。世の中、こんなにもたくさん黒のトヨタ・ヴィッツが走ってたなんて、全然気づかなかったよ。おまえの場合も、いつも〝ダウン〟という言葉が聞こえる気がするのは、その言葉が頭にひっかかってるからじゃないのか？」

「そうかなあ。単なる気のせいとも、偶然とも思えないんだけど……」

「いいか、人生なんて偶然の連続さ。ヒトラーとナポレオンの偶然の一致って知ってるか？」

「なんだ、それ」

「歴史の先生が話してくれたんだけど、ヒトラーとナポレオンは、百二十九年違いで政権の座について、失墜したのも百二十九年違いならば、ロシアに宣戦を布告したのも百二十九年違いなんだってさ」

「そのことと、あちこちで〝ダウン〟という言葉が聞こえる気がするのと、どんな関係があるんだ？」

「正直よくわからないけど、すごい偶然だと思わないか？」

それからしばらく経った週末のこと。久しぶりに親戚みんなが集結した。親戚みんなというのは、母方が、フェデリカ叔母さんとパオロ叔父さん、それにブルーナお祖母ちゃん。父方は、ピエラお祖母ちゃん、ルイザ伯母さんとその家族、エレナ叔母さんとその家族だ。ルイザ伯母さんの家族は、伯母さんとマイルス伯父さん、それに僕らの従兄（いとこ）にあたる、ステファノとレアンドロだ。ずっと、マイルス伯父さんの生まれ故郷、イングランドのヨークに住んでいたが、いまはスイスのチューリッヒで暮らしている。一方、エレナ叔母さんの家族は、叔母さんとジョルジョ叔父さん、その子どものフランチェスコとトンマーソだ。ジョルジョ叔父さんは転勤の多い仕事で、最初はパリ、次にローマ、それからリオ・デ・ジャネイロと移り住んで、いまはまたパリにいる。

そんなこんなで、全員が集まるのは一年に一回きり。だから、どんな季節だろうと、必ずクリスマスプレゼントを交換することになっていた。三月だろうが七月だろうがお構いなしだ。

その日ジョヴァンニは、天然ゴム製のステゴサウルスをプレゼントにもらった。ジョヴァンニを喜ばせたかったら、なにかしら恐竜と関係のある物をプレゼントすればいいことは、親戚の誰もが知っていた。とはいえ、そのステゴサウルスは、どこがどう特別だったのかわからないが、まるで催眠術のような効果を発揮した。ジョヴァンニが生まれてこのかた手にした恐竜のどれよりも絶大な効果でジョヴァンニの心をわしづかみにし、先史時代の世界へと連れていった。そこにはもはや、親族との会話が入りこめるような余地はなかった。

ジョヴァンニはそのステゴサウルスを抱えると、部屋の隅っこであぐらをかき、そのまま、まるで自分とステゴサウルス以外の世界がそっくり消えてしまったかのような態度をとった。まわりでは、一年ぶりの再会にみんながハグし合い、肩をたたき合い、軽いジョークを言って笑い合っていた。いろいろな国の言葉や方言が飛び交い、いくつもの話題がかぶさり合っているというのに、ジョヴァンニは挨拶ひとつしないのだ。おばさんやおじさんやお祖母ちゃんたちが、ジョヴァンニの頭をなでて話しかけても、従兄弟(いとこ)たちが仲間の輪に入れようと誘っても無駄だった。

その原因は、ジョヴァンニが人生をいつもインスタント写真のように捉えていることにあった。弟は、写真を撮るようにしてその場の光景を切りとり、中に入りこみ、触ったり、汚したり、場合によってはちぎったりと、思うぞんぶん体験する。それが終わると、また別の写真を撮るのだ。ジョヴァンニにとっては、いまその瞬間がすべてだった。要するに、そのときの彼にとって最も大切だったのは新しいプレゼントで、それ以外はなにも目に入らなかったのだ。好物のチコリのクリームパスタさえも拒絶した。従兄弟のなかでいちばん年上で、キアラ姉さんとおない年のステファノが、こっちへおいでよと何度呼んでも、ピーナッツの入った器を見せて誘っても、まったく反応がなかった。とうとうステファノはあきらめて、父さんとお喋りを始めた。ステファノの敗退を見ていた弟のレアンドロは、ジョヴァンニに話しかけようともしなかった。一方、それよりも年の小さい、パリの二人の従弟(いとこ)は、ジョヴァンニの隣に座って一緒に遊ぼうとした。ところが、数分もしないうちにステゴサウルスで撃退されてしまった。するとトンマーソは立ちあがり、母親のところに走り寄ると、不思議そうに訊いた。

「どうしてジョヴァンニは返事をしてくれないの？　どうかしたの？」

「なんでもないのよ」エレナ叔母さんは笑みを浮かべて答えた。「気にしないで大丈夫。ただ、新しいおもちゃに夢中になっているだけ。わたしたちが、あんまり素敵なプレゼントを選びすぎちゃったせいね」

「あとでこっちに来る？」トンマーソが重ねて訊いた。

「そうね。あとから来るわ。さあ、こっちに座りなさい」

そうだった。あとでこっちに来る？　どうかしたの？　どうしてあんなことをするの？　どれも、僕がトンマーソくらいの年に繰り返し母さんにぶつけた疑問だ。僕自身はもう、そういった疑問を抱くのをやめていた。

けっきょく、ジョヴァンニ抜きで食事が始まった。やがて、みんなの他愛ないお喋りや、とっておきのエピソード、海外での暮らしぶりなどの話題が、巨大な渦巻きのようになり、僕はすっかりほろ酔いかげんになっていた。

エレナ叔母さんが言った。

「知ってる？　リオの富裕層は、飼い犬のためにプライベートプールでお誕生日パーティをひらくのよ。でも、そんな人たちのお屋敷の門のすぐ前で、飢えのために死んでいく貧しい人たちがいるの」

お次はマイルス伯父さんだ。

「スイッツランドには、アンチ・パワーポイント党なるものがあってな、政治家たちのミーティングの際に、パワーポイントの使用を撲滅しようとしてるんだ」

すると、ブルーナお祖母ちゃんがこんなことを言いだす。

「あたしゃもう、ずいぶんロンドンには行っとらんね。昔、行ったときに、こんな看板を見たもんで、写真を撮ってみた」そう言いながら、一枚の写真を見せてくれた。

たしかに看板が写っていて、そこにはこう書かれている。〈Private Road Children Dead Slow〉。私道で、遊んでいる子どもがいるかもしれないから、スピードを出すなというくらいの意味だ。「友だちに見せたら、『私道では子どもがゆっくり死んでいく』っていう意味だと教わったがな。ロンドンの人たちは頭がどうかしとるね」

僕らは、椅子から転げ落ちそうになるくらい笑った。もちろん、その看板の意味は、お祖母ちゃんが信じているとおりだということにしておいた。僕は、どっちを見ればいいのかも、誰の話に耳を傾ければいいのかもわからなかった。耳が十個ぐらいあったら、みんなの話が聞けるのにと思っていた。親戚の話を聞いていると、僕はいつも無性に旅に出たくなる。ブラジルの海岸でビーチバレーをしたり、イングランドでウイスキーを飲んだり、夕暮れ時のパリのシャンゼリゼ通りを散歩したりする。ジェラート屋さんで世界が売られていて、いろいろな都市が、味見のできるジェラートみたいに並んでいたら、僕が暮らすのにふさわしい味の町を選べるのに、なんて思っていた。

僕がそんな空想をしているあいだも、ジョヴァンニは、自分だけのパラレルワールドに入ったきり、出てこようとしなかった。

ジョヴァンニは、一人で静かにステゴサウルスと遊んでいた。

僕らは、ときどき振り返ってはジョヴァンニの様子をうかがっていた。

そんなふうにして、時間が過ぎていった。

昼食のあと、僕らは、デザートだよとジョヴァンニに声をかけた。返事はない。相変わらずステゴサウルス以外なにも見えていなかった。やがてみんなが帰る時間になり、別れの挨拶が始まった。僕は、こんどいつ会えるのかわからないのだからと、弟の身体を揺さぶり、従兄弟たちとおじさんやおばさんたちに挨拶するようにうながした。それでもジョヴァンニは動こうとしない。ステゴサウルス以外なにも見えていなかった。

みんなが帰ると、僕は弟と二人きりになったときを見はからい、尋ねてみた。

「ジョー、どうして今日はみんなと一緒に過ごさなかったの？」

ジョヴァンニはステゴサウルスを指差した。

「でも、みんなには一年か、もしかするとそれ以上会えないんだよ」

ジョヴァンニはステゴサウルスを指差した。

「だけど、ステゴサウルスの人形には明日も会えるだろ？　そんな態度をとって、恥ずかしいと思わないのか？」

それでも、ジョヴァンニはステゴサウルスを指差すだけだった。まるで、話がわからないのはおまえのほうだとでも言いたげに。

僕は、その忌々しいステゴサウルスを燃やしてしまいたかった。

その頃、サッカーのルールをめぐってジョヴァンニと口論したことがあった。僕らはよく、家の庭で試合のまねごとをして遊んでいた。ジョヴァンニがサッカーの仕組みをきちんと理解していたわけではない。たとえば、ゴールを狙うだけでなく、同時に守らなければならないことはわかっていなかった。その目的が理解できないらしかった。弟にしてみれば、ゴールさえ決められればそれでよかったのだ。守るのはおもしろくないらしい。というより、僕にゴールを決められても喜んだ。弟は対抗意識とはまったく無縁で、負けという概念もない。あるとき、弟に反則の意味を教えようとしたことがあった。すると、むやみやたらと僕を蹴りはじめ、ゲームは二の次になってしまった。反則なんて教えようとした僕が間違っていたのだ。しだいに、僕のなかで怒りの感情がふくらんでいった。小学生の頃はおもしろいと思えたはずのジョヴァンニの型破りの行動が、少しもおもしろいと思えなかった。

死んだお祖父ちゃんがいつも、遊びというのは真剣なものなのだと言っていた。僕は、その言葉を字義どおりに解釈し、耳にたこができるくらいジョヴァンニに言って聞かせた。

「ゴールを決めろ。ゴールを決めろ。ゴールを決めろ。ゴールを決めろ。反則はしちゃダメだ。反則はしちゃダメだ。反則はしちゃダメだ。反則はしち

ゃダメだ。反則はしちゃダメだ。僕がゴールを決めても喜ぶな。転んだからといって、いつまでも地面を転げまわるな。試合の途中で花を摘むのもダメだ。ミスをしたら悲しむものだ。手でボールをつかむな。プレー中に踊りだすな。自分のゴールにシュートをするな。敵同士なんだから、僕にボールをパスするな。二人とも勝ちなんてあり得ない。プレー中に立ち止まって雲を眺めるな。もっと強くキックしろ。なにしてるんだ？　ダメじゃないか。生垣の後ろに隠れて不意打ちをくらわせるのはナシだ。どっちみち、おまえがそこに隠れているのはわかってる。まる見えだぞ。頼むから、真面目にプレーしてくれよ！」

だが、なんの効果もなかった。躍起になって教えれば教えるほど、僕のやり方を押しつけようとすればするほど、ジョヴァンニは混乱して間違える。まるで、恐竜ディプロドクスに爪先立ちのバレエを教えるようなものだった。あの頃の僕は、自分が正しくて弟が間違っているのだと一方的に思いこんでいた。自分はいろいろなことができて、弟はできないのだと。自分は物事を覚え、うまくなっていくけれど、弟はなにもできるようにならない。僕が宿題をやらせようとすると、弟は鉛筆で遊びはじめ、愉快そうにけらけらと笑う。それを見て僕がいらいらすると、弟もいらいらしはじめる。しまいには僕が、勝手にしやがれと、すべて投げ出してしまうのだった。

ジョヴァンニはダンスを踊っていた。

ジョヴァンニがダンスそのものなのだ。

こんな名言がある。たしかニーチェの言葉だったと思う。

「ダンスを踊っている者たちは、その調べが聞こえない者からは、頭がおかしいとみなされる」

そのとおりだった。あの頃の僕には、ジョヴァンニの音楽がまったく聞こえなくなっていた。

四月のある午後のこと、僕とジョヴァンニは二人で公園にいた。天気のいいときなど、母さんはときどき、ジョヴァンニを外に連れ出して遊んであげてと僕に言う。イヤだと断る勇気もない僕は、クラスメートに見られたらどうしようという恐怖心と闘いながらも、しぶしぶ言いつけに従うのだった。

その日はじりじりと太陽が照りつけ、空気が薄く感じられる日だった。公園には滑り台と、ブランコが二つと、シーソー、それに木が何本かあって、草むらでは二匹の犬が追いかけっこをしていた。

公園に行くと、たいていジョヴァンニ一人を遊具のあいだで走りまわらせておいて、僕はベンチに座り、イヤフォンで音楽を聴いていた。言うまでもなく、ジョヴァンニの遊び方はほかの子たちとは異なっていた。滑り台を滑りおりることも、ブランコを揺らすことも、ジャングルジムによじ登ることもしない。ジョヴァンニはもっぱら、目に見えない火山から砂を噴射させたり、ブランコを踏み台にしてぬいぐるみをジャンプさせたり、さもなければ、昆虫や、鉄の遊具に浮かんだ錆、風変わりな模様の入った石など、極小の世界に魅了され、科学者さながらの熱心さで観察を始めたりするのだった。弟の遊び方は、どちらかというと探検家や研究家の態度に似ていて、小さなものの不思議に目を奪われていることが多かった。

そのときもジョヴァンニは、滑り台つきのジャングルジムの下あたりにしゃがみこみ、集めた小枝を組んでなにかを作っていた。僕は、その様子を見るともなく眺めながら、アリアンナのことを考えていた。公園に来る直前、だしぬけに彼女から電話があって、宿題はなんだっけと訊かれたのだ。僕は、誓ってもいいが、宿題の内容を尋ねる相手としてはふさわしくない。そのため、どうして彼女がそんな電話をかけてきたのか見当がつかなかった。そこで、宿題というのが、単に僕と話すための口実だったのか、あるいは本当に彼女の知りたいことだったのかを探ろうと、電話で交わした会話を一つひとつたどっていた。アリアンナの声の抑揚や言葉、あいだに挟まれた沈黙を探っていたのだ。それは、ジョヴァンニが公園で自然現象を探求しているのと似ていた。

そのうちに、ジョヴァンニが一人の女の子と遊びはじめた。そして、いきなり弾かれたように動きだす独特の振る舞いで、あやうく女の子を転ばせそうになった。それでも、女の子は（それまでのところはまだ）とりたてて驚いたようにも見えなかった。とはいえ、それまでにも何度か同様の状況におかれたことがあったので、僕は先回りして声をかけた。

「ジョー、女の子には優しくしてあげないとダメだぞ」

少し離れたところに座って、もう一人の男の人と話をしていた女の子のお父さんが、それを聞いて警戒心を抱いた。周囲の空気から危険を察知した猫のように口ひげをぴくんと立てたものの、なにか行動を起こすわけでもなかった。ベンチから立ちあがろうとも、女の子を連れ戻そうともしない。ただ、しばらくのあいだ二人のやりとりを用心深く見守っていただけで、やがて、ふたたび会話に没頭した。

女の子は滑り台にのぼりはじめ、ジョヴァンニは別のものに興味を奪われたようだった。公園の一本の木の上で、二羽のカラスが、まるで喧嘩をしているかのように激しく鳴いていた。その日は、四月にしては異様な暑さで、空気中には奇妙な磁力が感じられた。僕は陽射しを浴びながら、「僕は鳥たちと分かち合う（ウィズ・ザ・バーズ・アイ・ウィル・シェア）／この寂しい風景を（ディス・ロンリー・ヴュー）」と歌いあげるアンソニー・キーディスのヴォーカルを耳の奥で転がしていた。

そのとき、十歳か十一歳くらいの男の子が自転車でやってくるのが目に入った。仲間二人と一緒だったが、その子がボスだということは傍目（はため）にも明らかだった。無造作なペダルの踏み方や、迷いのない身のこなし、かすかに笑みを浮かべるだけで、蚊柱のように周囲にむくむくと湧きあがる横柄な空気などから、それとわかった。僕はふだんから人の観察をするのが好きだった。観るのはただだし、いろいろなことを学べる。そのときも、さりげなく観察を続けていた。追いかけっこをするかに見えた三人組は、水飲み場で自転車から降り、水を飲みはじめた。黄色の蛍光色のジャンパーを着たカーリーヘアの子が、口いっぱいに水を含んで仲間に勢いよく吹きかけた。当然、あとの二人は水をかけられてなるものかと、逃げまわる。そうこうしているうちに、例のボスらしき子——赤のスウェットに野球帽——が、ジョヴァンニと女の子のいる遊具コーナーのほうを見て、連れの二人になにか言った。こんどは僕が猫のようにヒゲをぴくんと立てる番だった。まばたきをして目をこらした。自転車を地面に放り出し、ジョヴァンニと女の子のほうに近づいていく三人を目で追っているうちに、赤のスウェットの子に見覚えがあることに気づいた。

たしかヤコポとかいう名前で、僕とおなじ中学の三年生（クラスは別）の、パオロの弟だ。僕がジョヴァンニと一緒にいるところを見たら、いや僕がジョヴァンニとなにかしら関係があるらしいとわかっただけで、間違いなく兄貴に報告するだろう。

そのときジョヴァンニがなにをしていたのか、僕はよく憶えていない。きっと、弟にしかわからない不思議な遊びをしていたのだろう。たとえばT-レックスとヴェロキラプトルが空中戦をしていると、地面に突如ぽっかりと穴が開いて、両方とも吸いこまれてしまい、あとに木の枝や葉っぱの核爆発が起こるといった空想遊びだ。

「おい、みんな、こいつを見ろよ」ヤコポがジョヴァンニに近づきながら言った。

「どうかしてるぞ」

仲間の一人が周囲を見まわし、どこからか親が、子どもを守るために近づいてくるのではないかと様子をうかがった。むろん、視界に入るような場所にジョヴァンニの親はいない。少し離れたところで卑劣な兄が、レッド・ホット・チリ・ペッパーズを聴くふりをしながら、ベンチの板に爪を立てて、己の不甲斐(ふがい)なさに身悶(みもだ)えしているだけだ。

ジョヴァンニはまだなにも気づいておらず、まるで時空の泡に包まれているかのように、一人遊びを続けていた。弟にはヤコポたちの姿が目に入っていなかったし、会話も聞こえていなかった。風向きのイタズラか、僕の耳には、連中の声が、手を伸ばせば届くぐらいの距離にいるかのようにはっきりと聞こえていた。

「おい、こいつの顔を見たか？」

「舌もだぞ。マジかよ、おもしろい舌だなあ」

「おい！　そこの平たい頭！　なにをしてやがる？」

とうとう三人は、隊商(キャラバン)を襲う山賊のように、ジョヴァンニを取り囲んだ。こうなると、さすがのジョヴァンニも気づかないわけにはいかない。眼鏡のレンズの上から三人を見やった。僕のいる場所からだと遠すぎて、どんな目つきをしているのかまでは確かめられなかったけれど、弟が浮かべるいくつもの表情のうちのどれを彼らに向けていたのか、正確に予想できた。警戒と苛立ちと不安が一緒になった表情だ。

ヤコポはしゃがみこみ、指でジョヴァンニの額をつついた。

「おーい、この中は空っぽですか？」

仲間たちがげらげらと笑い声をあげる。

ほら、いまだ。いまこそ兄貴がベンチから立ちあがって、ヤコポとその仲間たちのところへつかつかと歩み寄り、世の中にはもっと重要なことがいくらでもあるんだぞという顔で、「なにか問題でもあるか？」と言ってやるんだ。

立ちあがれ、と僕は自分に命じた。ジョヴァンニの兄だというところを見せてやるんだ。立て。ジョヴァンニを見捨てるな。ちくしょう。なにしてやがる。

黄色のジャンパーが言った。

「近づいたら咬みつくと思うか？」

またしても、どっと笑い声が起こった。

身体がまったく言うことをきかなかった。全力疾走のあとのように息が弾んでいるのに、お尻はベンチにへばりついたままだった。立ちあがるんだ。立って弟を助けてやるんだと繰り返し自分に言い聞かせたのだが、自分自身の声が、まるで井戸の奥底から響いてくるかのように、眠たそうに、気怠(けだる)く、耳の中でこだまするばかりだった。

「中国人みたいな目をしてるぞ」仲間の一人が言った。

「中国語でなにか言えよ。おい。なにも言えないのか？　中国語で”しゃぶる“ってなんて言うんだ？」

また笑いが起こる。

からかわれても動じないタイプとはいえ、さすがのジョヴァンニも、三人組が一緒に遊ぼうとしているわけではないことはわかっていた。ほんのわずかな勇気が僕にあれば、ジョヴァンニは、自分に兄がいることを実感できたはずだった。正真正銘の兄が。それなのに僕ときたら、あまりに情けない兄だった。花壇の土を掘りかえす野良犬を追いはらうみたいに、あの最低な連中を追いはらってくれる兄がいてやりさえすれば、ジョヴァンニは、なにごともなかったかのようにまた遊びに集中できるはずだった。当然、ジョヴァンニは僕のほうを見た。そのちょっとした行動を僕にうながすために。僕ならば、間違いなくそうしてくれると信じていたのだ。

ジョヴァンニが僕の視線を求めてきた。

僕は目を伏せた。

そして、キーディスの「おまえに見せてやりたい、この傷跡(スカー・ティッシュ・ザット・アイ・ウィッシュ・ユー・ソウ)」という歌詞に精神を集中させた。

そのときヤコポが、なんともいえず耳障りな音を立てながら、弟に向かって舌を出してみせた。すると、どうしていいかわからなくなったジョヴァンニが叫んだ。

「ティラノサウルス!」

僕には見捨てられたけれど、せめてティラノサウルスは助けに来てくれるだろうと期待したのだろう。

「ティラノサウルス!」あらんかぎりの声を張りあげて。「ティラノサウルス!」二度、三度、四度と繰り返す。

問題は、ジョヴァンニがティラノサウルスと言っているのは、僕にしかわからないということだった。弟の言葉が伝わるのは、役立たずの兄にだけだ。ジョヴァンニの発音がくぐもっているせいで、三人組には意味不明な叫び声としか聞こえなかった。そのことが、連中のさらなる笑いを誘った。

僕は、ジョヴァンニたちのいるほうに顔を向けないようにした。目を伏せたまま、ときおりなにげなく見やる。すると、さっきの女の子のお父さんが近づいていくのが見えた。ヤコポとその仲間たちも、その人が自分たちのほうに向かってくるのに気づき、自分たちがからかっている「ヘンなやつ」の、父親かおじさんだと思ったのだろう。回れ右をしたかと思うと、クモの子を散らすように逃げていった。お父さんは、女の子の横で屈むと、上着の襟をなおしてやり、なにか優しい言葉をかけたらしい。

女の子の顔がほころんだ。それから、父娘（おやこ）は手をつないで帰っていった。

僕は、父娘が水飲み場の向こうに消えていくのを待った。

ヤコポと仲間たちは、放り出してあった自転車にさっさとまたがり、どこかへ行ってしまった。

そのときになって僕はようやく立ちあがり、ジョヴァンニのそばに走っていった。公園にはもう誰もいなかった。いじめっ子も、ほかの子もいない。お年寄りも、犬の散歩をする人も、姿を消したようだった。誰もいないことを確かめた僕は、不機嫌になりながらも一人遊びを再開したジョヴァンニのかたわらに、膝をついてしゃがみこんでしまった。そして、泣きだした。

僕は泣いていた。ジョヴァンニは不思議そうな顔で僕を見たものの、なにも言わない。僕は弟を抱きしめたかったけれど、それさえもできなかった。

やがて気をとりなおして、家に帰る時間だと伝えた。帰る道すがらも、涙はとまらなかった。ジョヴァンニに目で説明を求められても、涙で応えるしかなく、弟の顔をまともに見られなかった。通りすぎるバイクの音と、僕のしゃくりあげる声ばかりが響くなか、無言でカスターニ通りまで歩いた。

家の門の前までたどりつくと、ジョヴァンニが呼び鈴を鳴らした。

「みんな出掛けてるよ」僕は鼻水をすすりながら言った。「いま鍵を出すから……」

ポケットを探った。あれ、どこにしまったっけ……？

ジョヴァンニがまた呼び鈴を鳴らした。

「誰もいないって言っただろ。ちょっと待って……」そう言いながらも、僕はズボンやジャンパーのポケットをあちこち探しながら、袖で鼻水をぬぐった。

ジョヴァンニがまた呼び鈴を鳴らす。呼び鈴を鳴らすのが楽しくてたまらないのだ。

「誰もいないってば。何度言ったらわかるんだ？　ちょっと待ってくれよ」

ところが鍵は見つからない。どこかで失くしたらしい。僕たちは締め出されてしまったわけだ。ジョヴァンニは、親指を呼び鈴の上においたまま、にやにや笑いながら何度も何度も鳴らし続ける。呼び鈴の音が僕の頭を貫く。

「くそっ、いいかげんにしろ！　誰もいないって言ってるじゃないか！」気づいたら怒鳴っていた。「やめるんだ！」

怒鳴りながら、僕は弟を突き飛ばしていた。

7　「リトル・ジョン」

「なにごとにもコツってものがある」僕の肩に手を置いて、父さんが言った。「いいか、自信たっぷりに答えることが肝心だ」

父さんは絨毯に膝をつき、まっすぐに僕の目を見据えた。あたりにはトマトと玉葱（たまねぎ）の匂いが充満していた。母さんが、ストックのトマトソースを作る季節だと思いたったらしい。

「そういうもの？」僕は首を横にふりながら、訝（いぶか）しげに言った。

「試しに、なにか質問してごらん」

「なにを？」思わず鼻息が荒くなる。

「どんなことでもいい」

「……」

「とにかく、なにか質問してみろ」

「地球温暖化は、なににによって引き起こされていますか」

「地球温暖化の原因は、うちの息子のおならです」父さんが、明々白々な事実だとでも言いたげに答えた。

「ダヴィデったら」母さんがあきれている。

僕は思わず吹き出した。

「母さんの言うことは気にするな」父さんはどこまでも真面目だ。「なにを話すかなんて問題じゃない」そして、僕の肩に置いた手にぎゅっと力を入れた。まるで自分の手の跡をそこに残したいとでもいうかのように。「重要なのは、どんなふうに言うかだ。わかったな?」

僕はうなずいた。

「本当にわかったのか?」

僕はもう一度うなずいた。

その日、僕は中学卒業がかかっている口頭試問を控えていた。茨(いばら)だらけの中学生活を盗賊のように這いつくばって進んでいるうちに、ようやく終着点にたどり着いたという感覚だった。問題は、先生たちの半分は僕のことを評価してくれていたけれど、残りの半分は、僕の顔を見るくらいなら泥まみれになるほうがマシだと思っているにちがいないということだった。歴史と科学と数学と保健体育は、三十年戦争の頃から——三十年戦争がいつの話なのか正直知らないが、大昔にちがいない——一度も6

〔6が及第点〕に手が届いたことがなかった。一方、技術、美術、国語、音楽、英語、それに宗教は、手を挙げて発言さえすれば、そこそこの成績をとることができた。苦手な教科のなかでも、筆頭株は歴史だ。なぜかはわからないけれど——もしかすると、僕の脳のシナプスが特殊な形状をしているのかもしれない——ウィリアム・ブレイクの詩を暗唱するほうが、イタリア統一戦争中の「ヴィッラフランカの休戦」の年月日を記憶するよりも、はるかに簡単だった。

僕は庭に出た。キアラとアリーチェとジョヴァンニが、甘ったるい陽射しをたっぷり浴びながら朝ご飯を食べていた。あたりには、六月の終わりに人々のあいだを吹き抜ける、あの独特な華やぎがただよっていた。小鳥がさえずり、ジャムの瓶のまわりではミツバチがぶんぶんと飛びまわり、空気を吸うたびに口の中に希望がひろがる。

「行ってくるね」と僕は声をかけた。

「クジラに食べられないようにね」キアラが験担ぎの決まり文句を言った。

「クジラに吐き出されないようにね」と、アリーチェも続けた。

僕はみんなに背を向けて、手をあげてみせた。それは別れの挨拶でもあり、勝利を誓うポーズでもあった。それなのに、通路を半分ほど行ったところで振り返った。

「おい、ジョー」

ジョヴァンニはライスミルクの器から顔をあげると、なんなの？　なんか用？　いまボク、これを飲んでるところなんだけど……というような顔をしてこっちを見た。

「行ってくるね」僕は繰り返した。

「二十分？」ジョヴァンニが、パワーレンジャーの柄のカップをおいて、尋ねた。

「そうだ。二十分で戻ってくる。なにかアドバイスは？」

ジョヴァンニはディプロドクスを指差した。長い首をまっすぐに伸ばした恐竜で、テーブルの上に雑然と置かれたカップや瓶のあいだから、すっと首を伸ばしていた。

「胸を張って挑めということか？」

弟はうなずき、ふたたびライスミルクのカップに顔を沈めた。

なんだか暗号めいた返事だったけれど、僕は自分の都合のいいように解釈することにした。

どちらに転ぶにしても、重要なのは胸を張って試験会場を後にすることだ。


こうして僕は、輝くような初夏の朝、フォスカにまたがって、ザ・ブラック・キーズを聴きながら、緊張した面持ちで運命に向かって走っていた。中学の三年間を終えようとしていた。信じられない。初めて教室に足を踏み入れたのが、つい昨日のことのように思える。だが、時間というのはそういうものだ。手に負えない野良犬みたいなところがある。こっちが走ってほしいときにはのろのろとしか進まず、止まってほしいときにかぎって、全力疾走を始める。

その朝、学校に向かって自転車をこいでいるあいだ、僕は、中学を卒業するということが終わりを意味するのか、それとも始まりと解釈できるのか、自問していた。新しい時代の幕開け。もしかすると、僕のこんがらがった思考や不安を整理し、自分は何者なのか、なにをしたいのかを突きとめるチャンスなのかもしれない。うちでは、一種の作戦会議がひらかれた。僕がどこの高校に進学するかを相談するためだ。その結果、理系高校に進むことになった。

ジョルジョーネ中学に着くと、中庭で、試験を終えたばかりのゴスに会った。

「おお、どうだった？」

「そうねえ。名前を間違えずに言えたから、そこそこの成績をもらえるように祈るしかないかな」

「名前って、なんの？」

「自分の名前よ」

「つまり、あとは全滅ってわけ？」

ゴスは肩をすくめると、「さあ、どうだか……」と答えた。

「いちばん難しかったのは？」

「タッソ先生に決まってるでしょ。ナポレオンがロシアに宣戦布告をしたのはいつかって訊かれた。あたし、ナポレオンがロシアに宣戦布告したことすら知らなかったのに……。そんな、三年のはじめに習ったことなんて、憶えてろというほうが無理よ」

「そうだよな。そんな質問、するほうがどうかしてる」僕も憤慨した。

「ほんと、やめてほしい」

僕はほっぺたをかくと、じゃあまたな、と言ってゴスと別れかけたけれど、振り向いた。

「ゴス、念のために、いつだったか教えてくれないか。もしかして僕も質問されるかもしれないし……」

「なにが?」

「だから、ナポレオンがロシアに宣戦布告した年だよ」

「一八一二年だってさ。最後に先生が教えてくれた。氷のように冷ややかな視線と、軽蔑のこもった口調でね。わかるでしょ?」

僕は大きくうなずいた。

「じゃあ、あたしは帰るから」

「ああ、またこんど」

「うん、またね」

僕はそのまま中庭に立ちつくしていた。しょんぼりとうなだれ、両腕をだらんと垂らした姿勢で去っていくゴスの背中を見つめながら。砂利の上で両足をひきずっているので、失意の軌跡が二本、あとに残された。僕は視線をぐいっとあげ、有罪を宣告された者のような心持ちで自分の教室の窓を見つめた。これ以上の時間稼ぎは無用だ。そう考えて、歩きはじめた。

せめて一緒に試験を受けるのがアリアンナだったらよかったのに。でも、彼女は前の日にすでに試験が終わっていた。けっきょく僕は、朝、かろうじて「おはよう」の挨拶を交わす程度の間柄のクラスメート数人と一緒に、各々が不安の殻に閉じこもったまま、廊下で順番を待つ羽目となった。目を閉じ、唇だけをかすかに動かしながら、祈るように年号や公式を唱える者、じっと座っていられなくて、行ったり来たり歩きまわる者、コンクリートミキサー車一杯分のコーヒーを飲んだかのようにイライラして、ときおりヒステリックな笑い声をあげる者……。

そうこうしているうちに、運命の時がやってきた。

「失礼します」僕はそう声をかけて教室に入った。机がコの字形に並べられていて、教室が、僕の記憶よりも小さく見える。もしかすると、夜のあいだに壁を移動させたのかもしれない。埃っぽい窓ガラスの向こうでぎらぎら輝く、夏休みを連想させるパワフルな太陽が、僕の集中力をそいだ。

「おお、次はマッツァリオールだね」技術と美術と国語と音楽と宗教と英語の先生が、示し合わせたように声をそろえ、和らいだ表情を見せた。なかには微笑んでくれる先生もいて、僕の気分をほぐしてくれた。

「おやおや、次はマッツァリオールかい」数学と保健体育の先生が、壁の隙間から顔をのぞかせるゴキブリを見たときとおなじような声色で言った。背すじを伸ばし、ペンを短剣のように握りしめ、指先で眼鏡のフレームを鼻に押しつける。どんな質問をしてやろうかとばかりに、教科書をめくりだす先生もいた。そんな軍団の真ん中に、あいつがいた。歴史のタッソ先生だ。挨拶の言葉さえかけてくれない。

「自由課題のテーマは?」僕の顔も見ずに、いきなり質問した。

「その前に、座ってもいいですか?」僕はそう断ったものの、すぐに、いかにも横柄な口ぶりだったと後悔した。そんなつもりは少しもなく、急いで座らなければ、立ちくらみがしそうだったのだ。

先生は、座りなさいというジェスチャーをした。

自分のほうに近づけようと椅子をひきずったら、恐ろしく耳障りな音がした。

「それでテーマは?」先生は顔をしかめ、指でとんとん机をたたきながら催促する。

「僕の自由課題は……」

タッソ先生は咽がいがらっぽいらしく、咳(せき)ばらいをすると、かばんの中ののど飴(あめ)を探しはじめた。

「説得術についてです」

僕のことを評価してくれている先生たちは、好意的な眼差しを向け、賛同するように大きくうなずいた。それ以外の先生たちは、唇をカリフラワーのようにすぼめている。

「では、聞かせてください」タッソ先生が不満そうにうながした。

僕は説得術について調べたことを話し、そこそこうまく話をまとめることができた。だが、そのあとに教科ごとの先生からの質問が待ち受けていた。まだ第一関門を突破したばかりで、ここからが登り坂だ。まるで成績を決める花を片手に、好き、嫌い、好き、嫌いと占いながら、一枚ずつ花びらをむしっているような感覚だった。優しい先生から質問されたかと思うと、次は決まって意地悪な先生からの質問が来る。先生が優しいか意地悪かを決める判断基準は、もちろん、僕のことを評価してくれているか、あるいは敵視しているかだった。

科学の先生からは、僕の自由課題と神経系になんらかの関連性が見いだせるかという質問を受けた。「説得術」と「神経系」？　僕は考えた。どんな関係があるというのだろう。さっき説得術の話をしていたとき、僕の神経はたしかに高ぶっていた。でも、それは両者に関連があるからとは思えない……。それでも僕は、当てずっぽうで「ある」と答えた。先生がそんなことをわざわざ質問したということは、あるに決まっているからだ。とはいえ、その理由を説明しろと言われて、僕がなんの脈絡もない意味不明な文章をつなぎあわせていたものだから、先生はそこまでで結構という合図をし、料理にたかるハエをたたきつぶすのと変わらない、してやったりという表情を浮かべて、机におおいかぶさり、なにやら書類に書きこんだ。ついで、僕の味方の技術の先生が、提出した自由課題のレポートはどんな素材でできているのかと尋ねた。僕は、なにか落とし穴があるのかも、と疑ってみた。でも、そんなはずがない。そこで、素直に答えることにした。「紙です」すると、先生はうなずいた。保健体育の先生は、矢状面の運動（モヴィメント・サジッターレ）とはどんなものかと尋ねてきた。僕は父さんに言われたことを思い出し、いかにももっともらしい顔をして、射手（サジッターリオ）が矢を放つときの動きについて話しはじめた。すると、「星座」という言葉を発音しおわらないうちに、先生に手で説明をさえぎられた。

音楽と美術はうまくいき、英語は完璧だった。

数学は壊滅的。

最後が歴史だった。

タッソ先生は炭（すみ）色のブラウスに、沼緑色の薄手のセーターを着ていた。質問をする前に、眼鏡をずりおろして、上目づかいにしばらく僕を見ていた。僕は思わず息をとめた。荒野に響きわたるコヨーテの遠吠（とおぼ）えと、風で飛ばされた干し草ロールの転がる音が聞こえた気がした。

「なにか話したいテーマは？」先生が声をひそめて言った。

「えっと……説得術についてですけど、その……たとえば、イタリア軍によるリビア征服後のプロパガンダも、それに関連づけられると思います」

「つまり、リビア征服について勉強してきたのですね？」

「そうです」

「よろしい。では、第二次世界大戦に関連する質問をしましょう」

リビア征服について勉強したなんていうのは嘘だった。むしろ、数ある歴史のテーマのなかで、いちばんよく知らない部分だった。ただ、勉強したと言えば、タッソ先生は質問をしてこないだろうと踏んでいた。それにしても、第二次世界大戦だって？第二次世界大戦について、僕はいったいなにを知っているというのだろう……。

「ヒトラーがソ連に宣戦布告したのは何年ですか？」

僕の頭はパニックに陥った。

ホワイトノイズ。

宇宙からの放射線。

ヒトラー。ソ連。ヒトラーといったらドイツ。ソ連といったらロシア。第二次世界大戦は一九三九年から四五年まで。ドイツは明らかにソビエトの敵だった。その数秒間、僕の頭はウィリー・ウォンカのチョコレート工場と化していた。ウンパルンパたちが歌い、綿菓子が川を流れていく……。次の瞬間、ひと筋の光が射し、記憶のなかから断片的な会話が浮かびあがった。ヴィット、交通安全教室、偶然の一致についての話、そして数字。たしか129だった。ヴィットは、ヒトラーとナポレオンが百二十九年の時を経て、まったくおなじことを繰り返したと言ったんだ。さっき、ゴスはなんて言った？　ナポレオンがロシアに宣戦布告したのは、一八一二年だって言っていた。つまりヒトラーは、その百二十九年後におなじことをしたのだ。ということは、1812に129を足せばいいわけだ。だけど、1812＋129なんて、電卓もなしにどうやって計算すればいい？　とてつもなく複雑な計算じゃないか。

「マッツァリオール」タッソ先生が言った。

「はい？」

「いつまで待たせるのですか」

「はい」

1812＋129、ちくしょう。しっかり考えろ。僕は自分に言い聞かせた。落ち着いて計算すればわかるはずだ。1812に100を足すと1912。それにさらに20を足して、1932……。

「夜まで待たせる気ですか？　マッツァリオール。ヒトラーは、何年にソビエトに対して宣戦を布告したのかと訊いているのです」

「はい……いますぐ……あと少しだけ待ってください」

あとは１９３２に９を足すだけだ。１９３２＋９……。１９３２＋９……。１９４３だ。いや、待て、１９４３？ 違った。１９４１だ。

「マッツァリオール、では……」

「一九四一年です」僕は答えた。

タッソ先生は肩をいからせ、目をむいた。といっても、それほど目立つ動きではなかった。唇を軽くひきつらせたものの、目立って表情が変化したわけでもなかった。笑顔なんていうものからは、ほど遠かった。

「説明を続けなさい」先生が言った。

僕は、論理的にも数学的にも見事なパフォーマンスを披露した自分に励まされ、その先も説明を続けたのだった。それ以上、あまり話せることもなかったのだが、父さんのアドバイスにすがりつつ、自分の面(つら)の皮の厚さを最大限に発揮しながら、多少なりとも第二次世界大戦と関係のありそうな歴史的出来事やエピソードを次々に並べていった。誰にも、あのタッソ先生にさえも、途中でさえぎって別の質問をする隙を与えないように、弾丸のごとく喋り続けた。やがて、タッソ先生が目を軽く閉じ、掌(てのひら)を僕のほうに向けて両手を挙げると、言った。

「わかりました。マッツァリオール。そこまでで結構です。帰っていいですよ」

僕は立ちあがり、ディプロドクスのように頭を高く掲げて、中庭に出た。世界は、糸のようにもつれた喜びでできていて、それを丁寧にほぐしていけばいいのだ。

こうして七月がやってきて、七月とともに海の季節が訪れた。

僕ら家族は毎年、海で三週間を過ごすことになっていた。いつもおなじキャンプ場で、去年までとおなじスペースに、これまたおなじ六人乗りのキャンピングカーを駐める。

海でのマッツァリオール家の日課はこんな感じだ。十時に目覚まし。砂浜に行って、三十分かけてサンクリームを塗り合う。それから泳ぎ、十二時にキャンピングカーに戻る。一時に昼食。昼食は曜日ごとに当番を決めて、交替で作る。そして、ジョヴァンニの番にあたる土曜は、ピッツァを食べることになっていた。残る日曜は、自分以外の誰かが奇跡的にコンロの前に立ってくれないかと、それぞれが心の内で念じるのだった。昼食後の休憩は三時までと決まっていた。とはいえ、ジョヴァンニがそばにいるかぎり昼寝なんてできっこないので、またサンクリームを塗って、プールに行く時間が来るのを待ちながら、だらだらと過ごす。プールには五時までいていいことになっていた。その後、おやつにヌテラ〔ヘーゼルナッツ入りのチョコクリーム〕を塗ったパンと果物を食べ、またもやサンクリームを塗りなおし、七時までビーチで過ごす。それからシャワーを浴び、夕食をすませ、キャンプ場のダンスパーティに行くものの、僕らは踊らず、出し物もたいして観ずに過ごす。十時にジェラートを食べ、キャンピングカーに戻り、パジャマに着替えて寝る。毎日がおなじリズムで刻まれているはずなのに、ジョヴァンニと一緒だと、一日としておなじ日なんてなかった。

その一帯は、休暇に来ている客の八割がドイツ人だった。おかげで僕は、ドイツ語で、「涼しいところにいる猫（ディ・カッツェ・イン・デア・キューレ）」とか、「僕のペンは赤い（マイネ・クリ・イスト・ロート）」などと言えるようになった。

ドイツ人というのは、おもしろい。

キャンプに来ているドイツ人たちは、大半の時間を自分たちのキャンピングカーの中か、その前で過ごし、大量のヌテラを食べ、数百リットルのビールを飲み干し、サンクリームを繰り返し塗りたくる。小さな子たちはペダルのない自転車（地面を蹴って進むやつ）であちこち走りまわり、海では泳ぐなと言われているらしく、プールに来ては、飛びこみが禁じられている時間帯でも飛びこむのだった。僕たちがまだおやつを食べおわらないうちに、ドイツ人はもう夕飯を食べはじめる（それを知ったときの驚きは、いまでも忘れられない）。とてつもなく長い単語を使って話し、たいてい一家に一人は、サッカーのナショナルチームのユニフォームを着ている。

一方で、キャンプ場にいるイタリア人家族のなかにも、理解に苦しむ例をしばしば目にした。たとえば庭に飾るような七人のこびとの人形を一セット、いかにも自慢げに自分たちのキャンピングカーのまわりに並べている家族や、撃つと「ファイアー、ファイアー」と音を立てるおもちゃのライフル銃を、一日じゅう飽きもせず宙に向けて撃っている九歳の男の子を連れた家族などがいた。

その夏、僕にとってものすごく重要な意味を持つ出来事が三つ起こった。

一つ目は、キャンプリーダーたちが企画した、退屈きわまりない余興の最中のことだった。正確に言うと、退屈きわまりない余興のなかではまあまあマシな、『ライオン・キング』を題材にした劇が上演されているときで、僕たち四人きょうだい――キアラとアリーチェとジョヴァンニと僕――は、いちばん前に陣取って観ていた。百人分の座席があるとして、九十六パーセントはゲルマン系のブロンドヘアで占領されていて、残りの四席に僕らマッツァリオール家のダークブラウンが並んだ恰好だ。キャンプ場には外国人のほうが多いことは一目瞭然なのに、なぜか劇はイタリア語で上演されていた。そのため、ブロンドのドイツ人九十六人は、舞台と、僕らマッツァリオールきょうだいを交互に見ながら、笑いや拍手のタイミングを見計らっていた。

ところが、スカー（僕の友だちではなく、『ライオン・キング』の登場人物のほう）とシンバの激しい戦いのシーンにさしかかったとき、さっきまで隣に座っていたはずのジョヴァンニがいないことに、僕は気づいた。

キアラの腕を揺すって言った。

「ねえ、ジョーが消えたんだけど」

「どこへ行ったの？」

「わからない」

キアラが周囲を見まわそうと立ちあがった瞬間、ドイツ人の集団からどっと笑い声があがった。僕は、キアラがいきなり立ちあがったものだから、なにか勘違いされたのかと思った。ところが、そうではないらしい。なにが起こっているのか最初に気づいたのは、アリーチェだった。

「見て、あんなところにいるよ」舞台を指差して言った。

どのようにしてかはわからないものの、ジョヴァンニがいつの間にか舞台の上によじ登り、スカー（悪役）と取っ組み合っていたシンバ（主人公）役の男の人に、復讐の怒りに燃えてつかみかかっていったのだ。

「連れもどしてくる」鼻息も荒く立ちあがろうとした僕を、キアラが腕をつかんで制止した。

「いいの。放っておけば」

「でも……」

キアラは僕のことを引っぱって、座らせた。

「好きにさせておこうよ。たまには台本どおりに終わらない物語があってもいいじゃない」

どうやらジョヴァンニは、どちらがいいライオンでどちらが悪いライオンなのかよく理解できなかったらしく、悪役のスカーに衝動的な好意を抱き、助けなければと思いこんだようだった。そこで、シンバ役の人の足にがむしゃらにタックルした。シンバ役は、台本では戦いで勝利を収めることになっていたのと、演技を最後まで続けなければという使命感に駆られたために、焦っていた。ジョヴァンニに怪我をさせないよう注意しながら、タックルから逃れなければと必死になるうちに、岩の上でこけ、はずみで、舞台背景にあった紙粘土のヤシの木の一部をはがしてしまった。

愉快そうに成り行きを見つめていたドイツ人の子どもたちのあいだで、熱狂の渦が巻き起こった。みんな一斉に立ちあがり、拍手をしながら、興奮気味に、理解不能な長い単語を口々に叫んでいた。

キャンプ場の歴史のなかで、これほど拍手喝采を浴びた劇はほかになかっただろう。

その年のキャンプ中に起こった二つ目の重要な出来事の主役は、「ファイアー、ファイアー」という音がするおもちゃのライフル銃を持ち歩いているイタリア人の男の子だった。ある朝、キアラと父さんと母さんが起きてくるのを待つあいだ、僕とアリーチェとジョヴァンニの三人でキャンプ場の小道を散歩していると、その子が近づいてきた。ライフル銃を肩から斜め掛けにしている。僕らの姿が目に入ると、敵の偵察隊と鉢合わせになったと言わんばかりの勢いで、その銃を握りなおした。そして、僕らの行く手をふさぎ、銃を突きつけながら質問した。

「どこか悪いの？」

「誰が？」アリーチェが訊き返す。

男の子はあごでジョヴァンニを指すと、言った。

「その子だよ」

アリーチェは、なんのことかさっぱり理解できないというように、驚いた表情でジョヴァンニを見た。

「この子がなにか？」

「話し方がヘンだ」

「話し方？」

「顔もヘンだ」

「ああ」アリーチェが、ひらめいたというように額に指を当て、同情の笑みを浮かべた。「そうか、あんた、一度も行ったことがないのね？」

「どこに？」

「グリーンランドよ」

ライフル銃を構えた男の子は、眉間にしわを寄せた。

「グリーンランド？」

「そう。あたしたち、一年の半分はグリーンランドに住んでるの。うちのパパ、探検家なのよね」

「グリーンランドに住んでるの？」

「一年の半分だけ」片手をふりながら、アリーチェが強調した。「弟はそこで生まれたの。それで、グリーンランド語しか喋れないってわけ。それと、グリーンランドの人たちは、顔に特徴があるのよね」

「グリーンランド……」

「グリーンランド人よ。カラーリットとも言うの。あと、グリーンランド・イヌイットという呼び方もあるわ」

男の子は、まるで魚のようにぽかんと口を開けたままだった。目はうつろで、頬もたるんでいる。ライフル銃だけは、相変わらず僕たちに向けられていた。

　その時、ジョヴァンニがなにか言った。おそらく、こんな奴を相手にまだここで時間を無駄にしてなきゃいけないの？　といった意味合いのことを言ったのだと思う。反射神経が抜群のアリーチェは、tとkの子音をたくさんちりばめた、即席のグリーンランド語で応じた。

「いまなんて言ったの？」ライフル銃の男の子が尋ねた。

「もう行かないと。パパとママがトナカイのミルクを温めて待ってるって」

「トナカイ……」

「そうよ。このあたりじゃ、なかなか手に入らないの。もっと輸入すればいいのにね。それじゃあ、またね。あんたと知り合えてよかった。トナカイのミルクが飲みたくなったら、いつでも遊びにきて」

　まるで空飛ぶ円盤が目の前に着陸するのを目撃したかのように呆然と立ちつくしている男の子の脇を通り抜けて、アリーチェがすたすたと歩きだした。男の子に微笑みかけながら、バイバイと手をふってみせるジョヴァンニ。僕は慌てて二人のあとを追った。じゅうぶん距離をおいたと思えるところまで行ってから、僕は振り向いて様子をうかがった。男の子はまだその場に突っ立って銃を構えたまま、驚いた表情で僕らのほうを見つめていた。

「すごかったね」僕はアリーチェに言った。「グリーンランドのこと、どうしてそんなに詳しいの?」

「昨日勉強したばっかりだったんだ」肩をすくめてアリーチェが答えた。「夏休みの宿題だったの」

僕は妹をじっと見つめた。

妹がうらやましかった。

こんなにも自然にジョヴァンニを守ってやれる彼女の機転がまぶしかった。夏休みに入る前、公園での一件があったとき、僕もおなじように機転が利いたらどんなによかったか。それは僕には望んでもできないことだった。僕のなかのどこを探しても、そんな勇気はない。アリーチェのほうが年下だというのに、僕に比べると、まるで巨人のように堂々としていた。

三つ目の重要な出来事は、ヌテラ事件だった。ことの経緯(いきさつ)はこうだ。僕とジョヴァンニで、朝食用の牛乳(もちろん、トナカイのミルクではない)を買いにスーパーマーケットに行った。そして、もう少しでヌテラがなくなりそうだったのを思い出して、ついでに買っていくことにした。僕は、ヌテラの瓶を一つ取ってくるよう弟に頼んで、冷蔵品のコーナーに向かった。

そして、いつも飲んでいる低脂肪乳を一本取ると、弟を探しに戻った。

弟はすぐに見つかった。

ジャムやクッキーの置いてある陳列棚の前の通路にいた。

僕は、その光景に我が目を疑った。

ヌテラを一つ取ってきてと頼んだのに、ジョヴァンニはなぜかカートを取りにいき、通路まで押していくと、ヌテラで満杯にしてしまったのだ。満杯というか、陳列棚にあったヌテラの瓶がそっくり、ジョヴァンニのカートに積みあげられていた。棚が空っぽになると、自分までカートに乗りこみ、足を組み、腕組みまでして僕が来るのを待っていた。チョコレートの丘に君臨する王様気取りだ。

反射的に僕の胸にこみあげてきたのは、恥ずかしさと憤りの入り混じった感情だった。ジョヴァンニが身勝手な行動をとるとき、僕はいつだってそんな感情にとらわれる。だからイヤなんだ、と僕は思った。お店の人が来て、怒鳴られるぞ。しかも、叱られるのは僕だ。またいつもみたいに恥をかかされる。

「なんてことをしてるんだ?」僕は大声を出さずに怒鳴った。言葉を嚙みつぶすように。

ジョヴァンニは、これで一生分のヌテラが確保できたでしょ、というようなことを言い、カートを押して走ってよ、と合図した。そして、いかめしい顔つきをし、片方の手をあごにあて、もう一方の手を腰にあてるいつものポーズをした。恰好だけはいっぱしの王様だ。

でも、そのときなにかが起こった。

正確になにが起こったのか、言葉では説明できない。

それはまるで、いくら鎧戸(よろいど)をおろして遮断しようとしても、あらゆる孔(あな)や隙間から、堰(せ)きとめられない流れのように入りこむ朝の陽射しのようなものだった。僕の頭にアリーチェの顔が浮かんだ。おもちゃのライフル銃を持った男の子を相手にしたときの、彼女の対応。続いて、キアラ姉さんの顔が浮かんだ。「好きにさせておこうよ。たまには台本どおりに終わらない物語があってもいいじゃない」という姉さんの言葉。たしかにそのとおりだ。いったい誰が僕らの物語を書いたというのだろう。誰が、僕とジョヴァンニの関係や、僕と弟と世の中のかかわりあいを脚本にしたというのだろう。誰でもない。作者は僕たち自身のはずだ。そして、僕らの物語がどんな結末を迎えるのかを決める責任は、僕自身にあるはずだ。他人(ひと)にどう見られるかという恐怖は、何者かが僕の心の中にこっそり注ぎこんでいるわけではなく、僕自身がつくりだしているだけなのだ。

僕は、ジョヴァンニと一緒になって、その遊びを楽しむことにした。

僕は笑顔で見つめた。ジョヴァンニと、つねに予想の斜め上を行く彼の人生に笑いかけた。相手が誰だろうと、なんだろうと、遊びとして楽しむことのできる彼の軽やかさに。キャンプ場には、ヌテラとビールを主食としているドイツ人が大勢いたことを思い出した。遅かれ早かれ、ヌテラを買いに来る人がいるだろう。僕は急に楽しくなってきて、ジョヴァンニの乗っているカートを通路の突きあたりまで押していき、そこで待ち伏せすることにした。十分もしないうちに、身体じゅうの汗腺（かんせん）からドイツ人らしさを噴き出している、サンダル履きにTシャツ姿の男の人があらわれた。なにかを探して陳列台の前をうろうろしていたけれど、見つからない。信じられないといった面持ちで周囲を見まわして、ぶつくさつぶやいていたものの、やがてしょんぼりとその場をあとにした。リノリウムの床に視線をひきずるようにして、僕らのほうに歩いてくる。そして、カートの横を通りすぎた瞬間、頭と視線をあげ、ぱっと顔を輝かせた。まず、ヌテラが山のように積みあげられたカートを見つめ、それから僕らの顔をじっと見た。その後ふたたびカートに目をやり、僕らの顔に視線を戻した。

「ヌテラ！」瓶詰めの山を指差しながら言った。

「ヤー」と僕はうなずいた。

するとその人は、複数のmと複数のzが連なる、メアリー・ポピンズ並みのとてつもなく長いフレーズをまくしたてた。ヌテラがどうしても一瓶必要だから、一本、ゆずってくれないかと頼んでいるのだと僕は直感的に理解した。

「ひとつ（ウーノ）？」僕は人差し指を立てて尋ねた。

「ヤー。ひとつ(ウーノ)」彼が答えた。

僕はわざと思案顔になり、声をひそめてジョヴァンニと議論するふりをした。そのまましばらく、まるで油で揚げられるポテトのようにドイツ人をじりじりさせたあげく、いかにも寛大に、仕方がないから一本ゆずってあげると言った。

そのドイツ人は、何度お礼を言っても言い足りないらしく、僕らを抱きしめかねない勢いだった。ヌテラの瓶を大事そうに抱え、二、三度、お辞儀までした。レジに向かう通路へと曲がる直前に、僕らのほうをふたたび振り返り、大きな声でダンケと言いながら、手をふった。

僕とジョヴァンニが感想を口にする暇もなく、別のドイツ人が二組やってきた。小さな赤ちゃんを連れたお母さんと、年をとった男の人だ。まずはお母さん、そしておじいさんと、数秒の差で陳列台の前に立ったものの、悲しいかな、探していたヌテラは一本も見当たらない。結局、さっきの男の人とほとんどおなじ顛末(てんまつ)をたどることになった。二人ともがっかりした様子で僕らの横を通りすぎ、僕らのカートの上のヌテラの瓶とジョヴァンニに気づくと、懸命にイタリア語で話しかけ、愉快な言い間違いが満載のフレーズを繰り出すのだった。吹き出しそうになるのを堪えるために、僕もジョヴァンニも、この世でいちばん悲しいシーンを思い浮かべなければならないぐらいだった。そして、僕らがヌテラの瓶を一本分けてあげるよと言うと、まぶしそうに僕らの顔を見つめ、これでもかというほどお礼の言葉を並べたてるのだった。おじいさんのほうのドイツ人なんて、こともあろうにチップまでくれた。僕は受けとるまいと粘ったものの、最後には根負けし、一ユーロをポケットにねじこまれた。おじいさんは僕の髪をくしゃっとなでると、まるで気が変わったら困るとでもいうように、早足で去っていった。

そうして僕らは一時間ぐらいかけてヌテラの瓶を配り、大勢の見知らぬ人をハッピーにした。

ところが、キャンピングカーに戻った僕らは、肝心なものを忘れていた。自分たちの分のヌテラを一瓶も残しておかなかったのだ。父さんはいじけて、一時間ぐらい口を利いてくれなかった。

以来、キャンプ場での僕らは、いつだって陽気なドイツ人に囲まれていた。外を歩いていると、みんなが足をとめて挨拶をし、あのときはどうもとお礼を言ってくれる。素晴らしいお子さんたちですねと、父さんと母さんをほめそやす人も一人や二人ではなかった。

やがて、チコリの名産地、カステルフランコの我が家に帰る日がやってきた。

それは、いつもの帰宅とは異なっていた。なにかが変化していたのだ。僕の内面だけでなく、僕の周囲も……。

ヴィットは家族と一緒にアメリカに行っていてまだ帰っていなかったし、アリアンナはプーリア州に住んでいる親戚の家だった。おまけにアリアンナは、依存症の治療だとか言って、携帯の電源を切りっぱなしだった。だからといって、ご両親に電話をして呼び出してもらうのもイヤだったので、彼女の声を聞きたかったら、留守電の応答メッセージを聞くしかなかった。

さいわい、ブルーネとスカーがいた。

キャンプから帰ってからの僕の午後の日課は、愛車のフォスカにまたがり、ブルーネとスカーと連れ立って、当てもなくうろつくことだった。なにも法律違反をするわけではない。万が一法を犯したとしても、イタリアの裁判はとてつもなく時間がかかるシステムになっているから、有罪の判決が下される前に国会議員になって法律を変えてしまえばいいのだと、スカーが口癖のように言っていた。僕らは、舗装されていない道を通って自転車でヴィチェンツァまで行ったり、畑でトウモロコシを盗んだり、知らない家の呼び鈴を鳴らして水風船を投げこんだり、空き家の塀を乗り越えて中庭に忍びこみ、煙草を吸ったり、とにかくいろいろなことをしまくった。

夏休みもそろそろ終わりに近づいていたある日のこと、僕はまた、うちで演奏の練習をしないかとブルーネとスカーを誘ってみた。ちょうどオリジナルの曲を書きはじめたところで、自分がなにをしているのか理解するよりも早く、僕らはもう、カスターニ通りに向かって自転車をこぎはじめていた。その日、うちに誰がいるのか僕は把握していなかった。とくに考えもしなかったのだ。

　家に帰るなり、ただいま、帰ったよ、地下、演奏、邪魔しないで、と短文を弾丸のようにわめきちらすと、三人で地下室に直行した。ブルーネはギターを抱え、スカーはドラムの前に陣取り、僕はキーボードの前に立った。その頃、僕らはバンド名をどうするかで、しょっちゅう議論していた。「転がる石（ピエトレ・ロトランティ）」「三十三人のディフェンダー（トレンタ・トレ・テルツィーニ）」、「列車に乗る（イン・トレーノ）」「ガビッボ・キラー」などが候補として挙がっていたけれど、どれもいまひとつ決定打を欠いていた。ビッフィ・クライロの曲でウォーミングアップをしたあと、僕らは即興で演奏を始めた。ひょんなきっかけから、なにかおもしろいモチーフが生まれないかと期待してのことだ。そうして各々が前かがみになって自分の楽器をいじり、曲作りの喜びに浸っていたとき、キッチンにつながる階段からジョヴァンニがおりてきた。

　僕は全身が凍りついた。

　息をのみ、演奏の手をとめた。

　頭も首も動かさずに、視線だけでジョヴァンニを見て、それからブルーネとスカーを見た。次いで、ブルーネとスカーから、ジョヴァンニへと視線を戻した。スウェット姿のジョヴァンニが、無言で僕ら三人を見ている。ジョヴァンニの目。顔。身体を斜めにした立ち姿。スカーのドラムのリズムに合わせて全身を揺すり、ブルーネのまねをしてギターを弾くふりをしている。ジョヴァンニは笑っていた。本当に楽しそうに、満面の笑みを浮かべていた。同様に、僕が予想もしていなかった自然さで、ブルーネとスカーも笑っていた。笑いながら演奏していた（いまになって考えると、二人がそんなふうに自然な態度をとることを、あの頃の僕にはどうして予想できなかったのか、不思議でたまらない）。まるで、前触れもなく目の前にダウン症の子があらわれるのが、ごく当たり前の出来事であるかのように。

　僕は心の中で考えていた（それも、かなり真剣に）。そこにいるのが誰だかわかってるのか？　僕の弟なんだぞ。弟はダウン症だ。驚かないのか？　ヘンな奴だと思わないのか？　なぜ僕になにも尋ねない？　息苦しいくらい気まずいジョークを言わないのか？　なんで二人ともそんなに冷静でいられる？　その自然なふるまいはどこから来る？　これまで僕が一度も弟の話をしなかったことを責めないのか？　ジョヴァンニを見ても驚かないのなら、弟の存在をずっと隠してきた僕に驚くべきじゃないのか？

　いいや。

二人はどちらにも驚いていなかった。

演奏を続けながら、楽しそうにジョヴァンニのことを見ていた。

僕は、困惑したときに決まってこみあげる、あの苦い塊を咽の奥に感じた。でも、次の瞬間、『ライオン・キング』の劇を見ていた晩にキアラの言った、「好きにさせておこうよ」という言葉が耳の奥で響いた。

ジョヴァンニは音楽が好きだ。弟にとって音楽は、身体を動かすことを意味している。どんな音楽でも構わないらしい。とても巧いとはいえない僕らの即興演奏だって、よかったのだ。ジョヴァンニは、ブルーネが弾いているギターのすぐそばまで行って、しばらく踊っていた。ブルーネは『スクール・オブ・ロック』で見た滑りこみをしながらの演奏を試すために、膝立ちをしていた。次いでジョヴァンニはスカーのところへ行き、彼の膝によじのぼった。スカーはジョヴァンニの好きなようにさせている。スカーの代わりにジョヴァンニがシンバルをたたく。当然ながらリズムは外れていた。でも、そもそも僕らは最高のロックバンドではないのだから、誰もそんなことは気にしなかった。ブルーネとスカーは演奏を続けた。ジョヴァンニがいても、二人の邪魔にはならなかったのだ。演奏を中断したのは、僕だけだった。

僕の手がとまっていることに気づいたジョヴァンニが、代わりにキーボードを弾きにきた。

鍵盤をたたいているうちに、偶然、ド・ミ・ファ・ドという八分の七拍子の音階が飛び出した。すかさずブルーネがその音階をギターでなぞり、スカーのバスドラムとトムトムとスネアドラムがそれに続く。なにが起こっているのか、僕には理解できなかった。二人がジョヴァンニと演奏している？　そのうちに、そんなことにこだわっている自分がつくづくバカらしく思えてきた。

そこで、僕も演奏に加わることにした。

するとジョヴァンニが部屋から出ていった。

一分もしないうちに戻ってきた弟は、奇妙な帽子をかぶり、両手にぬいぐるみをたくさん抱えていた。その恰好でまた踊りはじめる。もはやブルーネとスカーは、笑みを浮かべているというレベルではなく、思いっきり笑っていた。それも、腹の底から、心の底から湧きあがる素晴らしい笑いだった。ジョヴァンニは僕らの曲調に合わせてぬいぐるみを踊らせていたが、しばらくすると、それをスカーに向かって投げはじめた。スカーが、ドラムのスティックを野球のバットみたいにしてぬいぐるみを打ち返す。こんどはブルーネが狙い撃ちにあった。ブルーネは、地下室じゅうを走りまわって逃げながらも、演奏を続ける。後ろからジョヴァンニが、T－レックスで襲いかかろうと追いかけた。

音楽がその特性を最大限に発揮していた。人と人のあいだにある垣根をとっぱらってくれたのだ。両サイドのアンプの前では、僕らはみんなおなじだった。音楽が体内に浸透し、身体がそれに反応する。いたずらっぽく舌を出して演奏するブルーネ、頭を左右にふるスカー、目を閉じて肩を揺する僕、ぬいぐるみを投げながら踊るジョヴァンニ……。

ひとしきり演奏し、そろそろ二人が帰ろうという頃になって、僕はようやくブルーネとスカーにすべてを打ち明けることができた。ジョヴァンニのことや、二人が初めて遊びに来た日のこと。あの日、僕は弟の存在を二人に知られるのが怖くてたまらなかったこと。二人からどんなふうに思われるのか、考えただけで恐ろしかったこと。すると二人は、そんな心配をするなんて、おまえは本当にバカだと言った。たしかに、僕がバカだったのだ。

こうして、僕らの初めてのオリジナル曲、「リトル・ジョン」が生まれた。

九月に入ったばかりの午後、マッツァリオール家は全員そろって、ジョヴァンニが出演する劇を観にいった。その頃にはもうジョヴァンニは、幼稚園児だった頃とは異なり、観客に対しても舞台に対しても、恐怖心を抱かなくなっていた。それどころか、みんなから勧められて、ハンディキャップを抱える人たちの劇団に参加するまでになっていた。

その年の演目は、「テーセウスとミノタウロス」。社会に内在する迷宮(ラビリンス)について、とりわけ、「普通とは違う」というレッテルを貼られた人々が閉じこめられている迷宮について、深く考えさせてくれる作品だった。

ジョヴァンニにも台詞がいくつかあった。なかでも僕が鮮明に憶えている台詞がある。クレタ島への旅になにを持っていくかと尋ねた白いあご鬚(ひげ)を生やした男に対する、「ポテトチップスとコカ・コーラ」という返事だった。

当然ながら、それはオリジナルの台詞とは違っていた。

舞台のあとの親睦会では、オレンジジュースを飲み、軽食をつまみながら、誰もが能力やハンディキャップについて口々に話していた。どんな能力があって、不得手なことはなにか。まるで、ポケモンセンターにでも迷いこんだみたいだった。

「お宅はどんな具合?」

「うちはごろごろと転げまわるの。そちらは?」

「右手をハンマーみたいに振りまわすのよね」

「まあ! うちは、怒ると手に負えなくて……」

そんな話を聞きながら、ウインナーパイをお皿によそっていると、傍らに二十歳(はたち)前後のダウン症の若者がやってきた(といっても、ダウン症の人の年齢を言い当てるのは難しくて、たいていの場合、ちょっと老けた子どもみたいに見える)。

「チャオ、僕はダヴィデ」ポテトチップスを口いっぱいにほおばったまま、話しかけてきた。

「チャオ、僕はジャコモ」僕もそう言って、握手をした。

「僕はダウン症だけど、君は?」

「僕は……なんでもないよ。今日の劇に……」僕は、弟のことを指差そうとしたのだけれど、話を遮られた。

「なんでもない? そんなはずないだろ? あり得ないよ。誰もがなにかしら障害を抱えてるものなんだ。トミーだってそうだよ。あそこの庭にいる子だけど、見える?」

草に向かって話しかけている、別のダウン症の若者を指差した。

「ああ、見える」

「トミーもダウン症だった。いまは治ったみたいだけど」

「治ったってどういうこと?」

「このあいだ食べたニンジンのおかげで、ダウン症じゃなくなったんだって。僕はトミーの言うことを信じてる」

「……」

「でも、いまは君の話をしてたんだ。君にだって、なにかできないことはあるはずだけど？」

　僕は少し考えてから言った。

「アイロンがかけられない」

「ほらね！」ダヴィデが笑顔で言った。「アイロン症候群だ。言っとくけど……」彼は声をひそめた。「アイロン症候群より、ダウン症候群のほうがいいと思うよ」

「どうして？」

「決まってるじゃないか。君は手当をもらってる？」

「いいや」

「僕はもらってる。ダウン症だと国から手当がもらえるんだ。なにもしなくてもね。わかるかい？　僕は存在しているだけでお金がもらえる。ダウン症は未来なんだ」

「そうかなあ」

「仕事をしなくてもいい。母さんは、僕には洗濯ができないと信じこんでるから、いまだに洗濯だってしてくれる。あちこち連れてってくれるし、自分で免許をとる必要もない。両親は僕がずっと家にいてほしいと思ってるから、家を見つけて自立する必要もない。羨ましいと思わないか？」

「たしかに、悪くないかもね」僕は小さな笑みを浮かべた。

「だけど……」

「だけど?」

「じつはね、マッテオ。僕にも大変な時期があったんだ」

「マッテオじゃなくて、僕の名前はジャコモだ」

「ああ、ジャコモ。机や椅子を倒されたり、本を投げつけられたりした時期があったんだ。高校生のときだけどね。モンスターとか、アホとか、障害者とか、さんざん言われてね、いじめられてたんだ。僕はあの連中に言ってやりたいね」

「なんて?」

「あいつらのおかげで、僕は自分が好きになれたってことをだよ。おかげで僕は、僕のことをいじめる連中みたいに生まれてこなかったことを神に感謝するようになったんだ。だってそうだろ? あいつらの運命のほうがよっぽど悲惨だ。なんてったって心がないんだからね。そう考えたら、自分の一本余分な染色体に感謝できるようになったんだ。ちょっと待って……余分な染色体ってどこにあったんだっけ?」

ダヴィデはそう言いながら、自分の身体をあちこち調べはじめた。

「染色体は細胞核の……」

「あ、あった。ここだ」心臓と肝臓のあいだあたりを指差した。「僕は、あるがままの自分に満足してる」その位置をセーターの上から指で押しながら続けた。「自分の性格も好きだし、友人や家族も好きだし、自分の人生にも満足してる。僕らは、命の一部だからね」

彼はそう言うと、両手を大きくひろげた。

「命っていうのは、なにもないところから生まれてくるものなんだ。そして、さまざまな形に生まれつく。花とか、小鹿とか、石とか……。待てよ、石には命がないね。石は投げないと動かないから……。あと、小鹿でしょ、それに、ダヴィデも、ジャコモも、フィリッポも、ラウラも、ルチオ・バッティスティの歌だってそうだ……」

僕は笑った。

「たしかに僕は科学者にはなれないかもしれない。でも、僕ほどおいしいドーナツを揚げられる人は、いないと思うよ」

「ドーナツが揚げられるんだ」

「ああ」

「リンゴの入ってるやつ？」

「そう」

「持ってきたの？」

「あそこにあるのがそうだ」左手にあるテーブルを指差して言った。

僕らはそのテーブルのほうに移動した。彼の作ったドーナツを食べてみる。生まれてこのかた、こんなにおいしいドーナツを食べたことはなかった。リンゴ入りドーナツは、僕の大好物でもあった。

そのとき、携帯が鳴った。アリアンナからだ。きっとプーリアから帰ってきたのだろう。学校が始まる前に会いたいと言うのかもしれないと僕は思った。彼女の声を聞きもらさないように、がやがやと騒がしいその場から離れ、ホールの隅に移動した。その位置からだと、友だちと遊ぶジョヴァンニの姿がよく見えた。そのとき僕は、彼女にすべてを話そうと決心した。弟から目をそらさず、きちんと話すつもりだった。

「アリアンナ」

「ジャック、話があるんだけど……」

「僕もだ」

ジョヴァンニは、目隠し鬼ごっこをしていた。いまこそチャンスだ。弟の笑顔が僕に勇気を与えてくれた。

「わかった」アリアンナが言った。「じゃあ、そっちから」

でも、そう言った彼女の声に、奇妙な震えが感じられた。そこで僕は、だめだよ、アリアンナが電話をかけてきたんだから、そっちから話して、と言った。

「ジャック、あたし、違う町に住むことになったの」彼女は告げた。「引っ越すんだ」

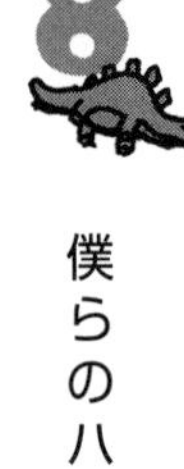

僕らのハイタッチ

アリアンナはミラノに越していった。お父さんの仕事の都合で、突然決まったことだった。引っ越しの準備で慌ただしいなか、中心街のバールで一緒にお茶をしたけれど、それは僕の人生のなかでもっとも悲しい時間として記憶に刻まれただけだった。電話をするたびに、口にできない感情がこぼれ落ちそうになって、言葉を途中でのみこんだ。何度も再会を約束をし、僕はミラノに行くよと、彼女はカステルフランコに帰るからと口では言うものの、月日だけがいたずらに過ぎていき、僕らはなかなか会えずにいた。そうして僕は、またしてもジョヴァンニのことを話す機会を失った。電話で話せるような話題でも、引っ越しの荷造りをしながら話せるような話題でもなかったのだ。

ところが、カーニバルの日、いろいろなことが一度に起こった。

二月十九日の日曜日、僕はふだんより遅く目が覚めた。おかげで頭はすっきりしていて、その数日前にジョヴァンニと交わした約束のことを考えていた。祭りの山車(だし)を見に連れていくというものだ。弟は嬉しくて興奮しまくっていた。ゆっくり寝かしておいてあげないと約束を守ってもらえないよ、と父さんと母さんが言ってくれなかったら、日の出と同時に僕に飛びつき、起こしかねない勢いだった。

朝食をすませると、僕とジョヴァンニは地下室におりていき、家族のあいだで「びっくり箱」と呼んでいる大きなトランクの中身を物色した。いつか仮装や余興をするときに役に立つだろうと思うものをとりあえず放りこんでおく箱だ。僕が掘り出したのは、ブロンドのかつらと魔女の帽子とピンクのぴちぴちのズボン。それとピエロの鼻。ジョヴァンニは、青いかつらと、ドラゴンの尻尾がついた緑のズボン、闘牛士用の赤の上着にエルフの耳。弟はその上から、ふだん着ているオレンジ色のジャンパーを羽織った。ジャンパーは仮装用の衣裳(いしょう)ではなかったが、じゅうぶんそれらしかった。

僕らは十時頃に家を出て、地面に落ちている紙吹雪のきれいそうなやつを拾い集めながら、カステルフランコの中心にある広場に向かった。使用済みの紙吹雪が歩道の片隅で薄汚れていき、やがて雨水と一緒にマンホールに流れこむのを見るほど悲しいことはない。だってそうだろう。色とりどりの紙を細かく刻んで作られた紙吹雪は、何か月も、場合によっては何年も、袋にしまわれたまま使われる日を待ち続け、ようやく空中を三秒ばかり舞ったと思ったら、あとは靴で踏みつけられ、掃いて捨てられるだけなのだ。僕とジョヴァンニは、紙吹雪のそんな運命に我慢ができなかった。それで、ビニール袋三杯分の使用済み紙吹雪をかき集めた。正確に言うと、袋に三杯かき集めたのは僕で、弟は自分のポケットやエルフの耳、ピエロの鼻といった、一片でも紙吹雪が入りそうな場所に、手当たりしだい詰めこんでいた。

そうやって十五分ほど歩くと、広場が見えてきた。

大勢の人でごった返している。カステルフランコの全住民が広場に繰り出しているといった雰囲気だ。十秒おきに、友だちやクラスメート、あるいは友だちのお父さんやお母さんにすれ違い、挨拶しなければならなかった。僕は、ブロンドのかつらをかぶり、ピンクのぴちぴちズボンをはいた恰好で、ジョヴァンニを連れて、みんなに挨拶していた。

そのどれひとつをとっても、僕はちっとも恥ずかしくなかった。

たまに、説明なんていっさい要らない出来事というものがある。理屈などどこにもなく、ただ、起こるだけなのだ。

ジョヴァンニのこともそうだった。夏のキャンプから帰ってきてからというもの、あるいは、ブルーネとスカーと地下室で演奏していたとき、不意にジョヴァンニがあらわれて、みんなで演奏した日からというもの、そして、アリアンナにすべてを打ち明けようと決心してからというもの、僕はジョヴァンニに貼りつけていた〝ダウン症〟というバーコードを剝がし、弟のありのままの姿を見ることができるようになっていた。それは、何年も前に、リビングに置かれた青い表紙の本を見つけたとき、父さんが僕に教えようとしたことでもあった。以来、いろいろなことが格段によくなった。そうして、二、三日前の午後、勢いよく部屋に転がりこんできたジョヴァンニに、カーニバルのお祭りに連れていってと頼まれたとき――それは、僕と弟が仮装をして、二人で一緒に人混みに繰り出すことを意味していた――、僕の口からごく自然に、「ああ、いいよ」という返事が出ていたのだ。

「見て」道々、ジョヴァンニがジャンパーのポケットからなにかを取り出して、僕に言った。

「なんなの？」

「チケットだよ」

「なんの？」

ジョヴァンニは、自分で読めとばかりに、チケットを僕に差し出した。移動遊園地のチケットだった。

「わお！　すごいじゃないか。どこで手に入れたの？」

「ヒミツ」

そりゃあ秘密に決まっている。移動遊園地のチケットは、いかがわしい取引や、休み時間の頼まれごとの交換条件として手に入れるものと相場が決まっていた。しかも、ジョヴァンニが持っていたのは、ゴーカートと恐怖の回転円盤〈タガダ〉のチケットで、どちらも闇市場ではもっとも手に入りにくい部類だった。ただし、ジョヴァンニにとってはそれほど重要なことではなかった。弟にしてみれば、メリーゴーランドで馬にまたがるのも、猛スピードで走りだしたかと思うと、つむじ風のように旋回するシャトルループも、おなじレベルで楽しいアトラクションなのだ。

祭りたけなわの広場は、さまざまな音で満ちていた。大音量で流れるザ・プロディジーの歌に、綿あめの機械のモーター音、方言でのコーラス、仮装山車から流れるパーカッション、さらに、紙吹雪合戦をする子どもたちの笑い声までがかぶさる。広場に入る前に、僕たちはジェラート店に寄った。ジョヴァンニはジェラートを食べずに広場へ入ることはできなかった。言ってみれば、高速道路の料金所のような存在だ。

ようやくたどりついた広場には、精霊ゴブリン、妖精、スーパーヒーロー、男装をした女子、女装をした男子、進化に失敗したトランスフォーマー、ポケモン、魔法少女ウィンクス……ありとあらゆるものがいた。僕はそのなかで、完全に解き放たれた心地だった。まわりがドイツ人ばかりのキャンプ場で覚えた開放感と似ていたけれど、その日の僕は、毎日の通学路にあたる石畳の上に立っていた。そこは、僕のホームだった。初めて、自分の気持ちと行動が一致したような気がした。あるがままの自分でいられたのだ。

僕は、じつに何年ぶりかで、ジョヴァンニと一緒にいることを心から楽しいと感じていた。

ところが、鏡の迷宮の入口で、その姿を見失ってしまった。鏡に残されたジェラートの指跡をたどりながら、ようやく外に出られたと思ったら、弟はもう、人混みにのまれていた。僕は、ゾンビやカウボーイやバレリーナをかきわけながら、どこへ行ったか考えた。ジョヴァンニはなにに惹きつけられたんだろう。僕は焦った。こんなに大勢の人が集まる場所に二人で出掛けるのは初めてのことで、母さんと父さんに、絶対に手を放してはダメだと、さんざん念を押されていたのだ。人々の頭上できらめくネオンサインを見あげた。スター・ウォーズ？　いいや、弟には複雑すぎる。乳房からミルクを噴射している女の人の巨大なヌード像？　いいや、弟には早すぎる。シュレックのメリーゴーランド？　それならじゅうぶん考えられる。僕は、息せき切ってメリーゴーランドまで走っていき、アメリカのスパイ衛星に勝るとも劣らない正確さで、そこにいる群集の顔やジャンパーや髪の毛を識別した。そしてドンキーにまたがっている弟を発見し、ほっと胸をなでおろした。親切な男の子が、落ちないように背中を支えてくれていた。僕は大声で呼んだ。僕の顔を見るとジョヴァンニは大喜びし、あまりの嬉しさに、身体を支えてくれていた男の子にハグをした。男の子もジョヴァンニにハグを返した。

次に立ち寄った釣りゲームで、ジョヴァンニは、プラスチック製の白鳥を釣ってポイントが貯まると景品がもらえるというシステムが理解できずに、欲しいと思った景品を直接釣りあげた。シマウマのぬいぐるみだ。店番をしていたおじさんは、弟を怒鳴りつけた。ところが、すぐに考えなおしたらしく、シマウマをくれた。今日は特別だ、こんなことは初めてだと言いながら。

それからジョヴァンニは、パンチングボールのところへ近づいていったかと思うと、電源をこっそり切ってしまった。なにかを壊したいという衝動にかられてのことなのか、あるいは世界平和のためなのか、僕にはわからない。そうかと思うと、こんどは恐竜の仮装をした男の子が気になって、捕まえようとして転ばせてしまった。

しばらくして、観覧車に乗ることにした。僕は、こともあろうに、その直前にカップ入りのポップコーンを買おうなどというアイディアを思いついた。おかげで、僕らの乗ったゴンドラがいちばん高い位置に来たとき、ジョヴァンニの手からカップがすべり落ち、下の乗客たちにポップコーンの雨を降らせることになった。続いてジョヴァンニは、もらったチケットを利用して、ゴーカートを繰り返し乗りまわした。チケットがなくなると、怒って係の人に詰め寄り、どうしてみんなボクのカートにばかりぶつかってくるんだと文句を言った。「そんなのずるいじゃないか！」立てた人差し指を振りまわして怒っていたジョヴァンニは、次の瞬間、妖精の仮装をした女の子に目を奪われた。すると、どうやって話しかけていいのかわからなかったらしく、わざと足をひっかけて転ばせ、助け起こしてあげるのだった。

僕は、そんな開放感と、あるがままの自分に戻れた喜びのなかで、気づいたら、U2の曲に合わせてジョヴァンニと一緒に夢中で踊っていた。見ている人たちにからかわれたって平気だった。このあいだ知り合った、最高のドーナツを揚げられるダウン症のある若者、ダヴィデが言ったように、僕らに冷たい視線を向ける人がいたとしても、僕らはむしろそのおかげで自分が好きになれるのだから。ひとは、自分に理解できないものや、恐怖を覚えるものをさげすむ傾向がある。きみの作る曲は理解できないと言われたボノだって、最終的にあれほどの高みに行きついたじゃないか。

ジョヴァンニはなにも気にしていなかった。たとえジョヴァンニを見て笑う人がいたとしても、弟にとっては、たんに隣に笑っている人がいるというだけの話で、好きに笑わせておくのだった。どのみち、笑うことにかけては、ジョヴァンニのほうが一枚上手なのだから。

その日、僕と弟は、二人だけの挨拶を考え出した。パシッと互いに手を打ち鳴らしながらハイタッチし、そのまますると下まで手を滑らせ、親指と中指でパッチンと指を鳴らすという動作を五回繰り返すのだ。

その日の夕方、家に帰る途中で、背後から僕を呼ぶ声がした。

アリアンナだった。

ほのかな香りとジャンパーをまとった、生身の彼女だ。

僕は自分の目が信じられなかった。目にかかった前髪をかきあげるアリアンナ。僕は魔女の帽子とブロンド巻き毛のかつらを脱いだ。ピンクのぴちぴちズボンは、さすがに脱ぐわけにもいかず、そのままはいていた。

「やあ」こみあげる感情に全身が硬直する。

「久しぶり」

「帰ってたんだ……」

「うん」

「だったら、連絡ぐらいしてくれたって……」

「メールした」

「いつ?」

「今朝」

僕は上着のポケットをまさぐり、携帯を探しあてた。彼女の言ったとおりだった。メールが来ていた。なのに僕ときたら、朝からのジョヴァンニとの騒ぎで、携帯を持っていることすら忘れていた。

「本当だ。ごめん。今日は朝から……元気だった？」

「うん。ジャコモは？」

「元気だよ」

目の前に本物のアリアンナがいる。いつもの彼女だ。片方の眉の端に、新しいピアスをしていた。もしかするとタトゥーも刺れていて、ジャンパーを着ているから見えないだけなのかもしれない。それでもアリアンナに変わりなかった。僕は身震いをした。少しずつ手足が思いどおりに動くようになり、ふたたび体内を血液が循環しはじめた。それまでは後ろから誰かに上着をつかまれているような感覚だったのだけれど、ようやくその手から自由になり、一歩前に踏み出すことができた。アリアンナにハグをした。目をつぶり、腕を彼女にからませた。ぎゅっと抱きしめると、彼女の匂いが僕を包んだ。ずっと待ち望んだ瞬間だった。彼女に会えなかった日々、ほかのなによりも恋しかったのが、この匂いだった。彼女の匂いは、僕に一種の共感覚(シナスタジア)を呼び起こした（ちょうど共感覚の勉強をしたばかりだったので、すぐにそれとわかった）。嗅覚の刺激が、別の感覚の反応を呼び覚ますのだ。僕の場合は触覚だった。誰かに足を踏まれているような感覚があり、それが腹部へとひろがり、全体に圧迫感を覚えた。重苦しい、物質的な感覚で、どことなくポップコーンの香りがした。アリアンナはなんて不思議な効果をもたらすのだろう。圧迫感はしだいに増していき……。

僕らは身体を離した。

二人のあいだにジョヴァンニがいたのだ。文字どおり、無理やり割りこもうとしていた。

「ちょっと、あんた誰?」アリアンナが言った。

僕はため息をついた。

「こいつは……僕の弟」

アリアンナはおかしそうな顔で僕を見た。冗談を言っていると思ったらしい。

「真面目に言ってるんだ」

「ふざけないでよ。ジャックに弟なんていなかったじゃない」

「それが……いるんだ」

「……」

「……」

「いつから?」

「ずっと前から」

「いいかげんにして。からかってるんでしょ？」

「いいや、からかってなんかいない」

アリアンナはジョヴァンニの顔と僕の顔とを見比べた。かすかにひらいた唇から、小さな息がもれた。

「話すと長くなるけど……」僕は言った。

「なんて名前？」アリアンナがジョヴァンニに訊いた。

ジョヴァンニは答えたものの、彼女には聞き取れなかった。

「ジョヴァンニだ」僕が言いなおした。

「初めまして、ジョヴァンニくん」アリアンナが言った。

「名前はなんていうの？」今度は、ジョヴァンニが彼女にたずねた。

「アリアンナよ」

「僕はジャコモ」ジョヴァンニはそう言ってにまっと笑うと、アリアンナと握手をした。と思ったら、次の瞬間、木の陰から顔をのぞかせた猫を見つけ、走っていってしまった。

僕とアリアンナは、ベンチに座って話しはじめた。伝えたいことが山のようにあった。

当然ながら、ジョヴァンニのことと、中学のあいだどうして弟の話をしなかったのかについて、最初にひとしきり説明した。そして、それ以上言うべきことがなくなったとき、ミラノの話題に移った。ここカステルフランコとの違いや、アリアンナが新しく通うようになった学校や友だちのこと……。見つめ合う父さんと母さんの瞳の奥にときどき流れる、きらきらとした紙吹雪のような川が、僕とアリアンナとのあいだにも流れ出すのを感じた。そこへ、一緒になにかをして遊びたくなったジョヴァンニが戻ってきた。しばらく三人で鬼ごっこをしたら、僕もアリアンナもほどなく息が切れてしまった。正確に言うと、最初に降参したのは僕だった。するとジョヴァンニは、公園の反対側にあるなにかに興味を奪われ、アリアンナの手をとって一緒に歩きだした。アリアンナがジョヴァンニのあとについていく。二人が手をつないで一緒に歩いていく後ろ姿を見た瞬間、僕の胸の内における闘いが終わりを告げた。闘いといっても、盗難車でのカーチェイスや、手榴弾（しゅりゅうだん）、ナイフ、銀行強盗といった類の暴力的なものではない。どんでん返しなどもいっさいない。僕の心が占有する、せいぜい十三センチ四方の空間で繰りひろげられていた闘いだ。暴力的な要素があったとすれば、それは、兄としての自分の情けなさに嫌気がさして、部屋のドアをげんこつでたたいたことがあるくらいだ。爆発があったとすれば、それは、悪意に満ちた〝ダウン症〟という言葉が弟に投げつけられるのを目の当たりにしても、なにもできずにいる自分に対して、腹の中で煮えくり返る思いだった。でも、あの二月十九日の夜、手をつなぐジョヴァンニとアリアンナの後ろ姿を見たとき、僕はすべてを乗り越えたと思った。どのような形にしろ、心の葛藤から抜け出すことができたのだ。僕は、すっきりした気分だった。

母さんに電話をして、ジョヴァンニを迎えにくるように頼んだ。もっとアリアンナと一緒にいたかったからだ。彼女と二人きりで、メリーゴーランドの向こうに沈んでいく太陽を眺めたかった。

そうして僕らは、あたりが暗くなるまでそこにいた。

いろいろと交わした言葉のなかでも、とりわけ鮮明に僕の記憶に刻まれたフレーズがある。

「大切なのは、過去においてなにをしてきたかじゃなくて、いまなにをしているか、これからなにをするつもりなのかってことだと思う」

すごく月並みのように聞こえるけれど、あのときの僕にとっては完璧な言葉であり、心から欲していたフレーズだった。

彼女の唇が動いているのを見つめながら、生身のアリアンナに会うために、今日までどれほどの時間待ちつづけてきたのだろうと僕は思っていた。彼女を抱きしめて、キスしたかった。僕の唇に、彼女の唇の刻印を永遠に残したかった。

でも、そうはしなかった。その日、僕らは松の木の下でハグをして別れを告げた。どこかよそよそしさの残るハグだった。ピンクのぴちぴちズボンをはき、ブロンドのかつらを手にぶらさげた僕と、新しい眉ピアスをしたアリアンナ。二人の前には人生が展けていた。

目を閉じてあのときのことを思い返すと、いまでもあのハグの温もりがよみがえる。

こうして僕は、弟という存在を再発見し、新しい経験を山のように積みながら、高校の一年目を終えようとしていた。僕は毎朝、軽やかな幸福感に包まれてベッドから起きあがる。まるで人生そのものが、中になにが放りこまれているかわからない「びっくり箱」になったかのように。

ヴィットは文系の高校に進み、僕が進学したのは理系高校だったが、二つの高校はおなじ建物を共同で使っていたので、互いの教室は近かった。そのため、僕は相変わらずヴィットとしょっちゅう一緒だった。もちろん新しい友だちもできた。ピッポとポッジという、二人のクラスメートだ。彼らとは人生観もおなじだった。大雑把にまとめると、こんな感じだ。

a) スウェットの上下が僕らの制服。
b) 金銭の価値は認めず、物々交換で生きていく。

c）楽しければ、多少臭くても構わない。
d）先生から注意を受けない一日なんて、生きた価値がない。
e）明日できることを、今日すべからず。
f）学校帰りに、のんびりと一服を。
g）いちばんよく口にする言葉は「ペン貸して」。

放課後は、ピッポとポッジとつるんで町をうろつき、バスケットをし、ヴィットに会い、ブルーネとスカーと演奏をし、そろそろ勉強を始めなければと三十分以上思い悩み、爆睡をする。それ以外の時間は、最悪の過ごし方をしていた。高校が生徒向けに開催しているさまざまな講習会に参加していたのだ。なぜかは自分でもわからない。正直、興味を持てる内容はあまりなかったのだけれど、ブームというか、こだわりというか、そんな存在だった。新しい講習会がひらかれると聞くと、みんながこぞって申し込む。フォークダンス、エクセルの使い方、ドイツ語、人前での話し方、応急手当、交通安全、環境問題……。テーマは多様だった。当時、高校でいちばんよく耳にした言葉が、「悪い、今日は講習があるんだ」というものだった。さいわい、ブームは最初の一年で去った。その後、学校では最低限の時間しか過ごさなくなった。少しでも長居したら、茹（ゆ）であがってしまうとでもいうかのように。

高校では、いくつかの発見があった。たとえば、放課後ずっとバンドの練習をしていた日の翌日にテストを受けると、決まって2だとか、先生が文章をあちこち省略しているのに気づかずに、ネットで見つけたラテン語の文章をコピペするとバレるとか、種の進化についての勉強をサボったときに、自分は創造論者だと言って進化論の話を拒絶すると、たとえ創造論の説明が完璧にできたとしても、成績は2だとかいうことだ。ピッポとポッジのおかげで、フェイスブックにいちいち写真を投稿しなくても、パーティを楽しめることを発見した。コーヒーの旨さを発見した。クラスメートのかばんや手帳に書かれた言葉に、僕のあり方を根底から覆してくれる真理を発見した。「重要なのは背の高さではなく、人としての高みに達することだ」とか、「とまっている時計でも、日に二回は正しい時間を指す」といった名言だ。

ミラノまで、レッド・ホット・チリ・ペッパーズのライブに行った。

トム・ウェイツのインタビュー番組を見て、人生哲学そのものを学んだ。彼はこう言っていた。「I'd rather have a bottle in front of me than a frontal lobotomy」。一種のアナグラムだけれど、訳すとしたら、「前頭葉切離術を受けるくらいなら、額を瓶で殴られるほうがマシだ」という意味になる。僕もヴィットも、友だちのハッカーもサプも、この言葉にすっかり夢中になった。そして、「究極の楽観論」と名づけて見習うことにした。この人生哲学さえあれば、毎日を笑って過ごすことができる。たとえば、バスケでジャンプシュートを失敗しても、着地のときに足をひねって踵を骨折しなくてよかったと思えば幸せな気持ちになる。数学で4の成績をとっても、もしかすると3だったかもしれないと思えば嬉しくなる。

万事がそんな調子だった。

すべてが、僕のことを語っているような気がしていた。

きっと十五、六の若者にとっては普通のことなのだろう。

小説や映画は、僕自身のことや、ジョヴァンニのこと、あるいは人生を別の角度から見つめなおすヒントをくれた。

それも、まったく予期していないときに限って起こるのだ。たとえば、『ブレイキング・バッド』のシーズン3を見ていて、ジェシー・ピンクマンと恋人のジェーンのやりとりから、ジョヴァンニの行動の本質を理解したことがあった。ジョヴァンニは、たとえばぬいぐるみを投げるとか、おなじ本を何日も続けて、最初のページから最後のページまで繰り返し読むとか、執拗なまでにひとつの行動を繰り返す癖があって、そのせいで病的だとか、機能障害だとか言われるけれど、それはじつは愛の証しなのだ。ドラマでは、ジェシーとジェーンが、まったくおなじ扉を何枚も描いた現代画家のジョージア・オキーフについて議論する。ジェシーが、そんなことをするのにどんな意味があるのかと問いかけると、恋人のジェーンがこう応える。「つまりあなたは、なんでも一度すればそれでじゅうぶんだと思ってるわけ？　だとしたら、あたしはこの一本で、もう煙草は吸えない。あなたの理論によると、セックスだって一回だけすればいいってことになるわ。夕焼けだって、一度眺めたらお仕舞。一日生きればそれでいいの？　毎日が少しずつ違っていて、一日ごとに新しい経験ができるんじゃないかしら」

「そうは言っても……扉だぞ」ジェシーは引き下がらない。「なにか異様なまでのこだわりがあって、二十回も繰り返し描かずにはいられなかったんだろうよ。完璧な出来に仕上がるまでね」

「わたしはそうは考えたくないな。完璧なものなんて存在しないもの」ジェーンは言った。「あれは自分の家の扉で、彼女はその扉がとても好きだった。だから何度も描いたのよ」

そうなんだ。

ジョージア・オキーフがその扉を愛していたように、ジョヴァンニはぬいぐるみを投げることが好きだし、毎日、おなじ恐竜についての、おなじ本を眺めるのが好きだ。だから繰り返しおなじことをしている。その好きという感情を少しでも長続きさせるために。それは、母さんが、自転車に乗れるようになったときの僕のビデオを繰り返し再生して見ているのとなんら変わりがない。それだけのことだ。

ジョヴァンニとの生活は、正反対の感情や行為を行き来するようなところがあった。楽しみと苦労、行動と内省、想定外と想定内、無邪気さと独創性、秩序と混乱……。ジョヴァンニは転んだふりをして地面に寝転がる。ジョヴァンニはすべての行動をあらかじめ箇条書きにしないと気がすまない。ジョヴァンニはお祖母ちゃんに料理されかけていたカタツムリを救い出す。ジョヴァンニは、手に持っているのが「本物のオオカミ」か「ぬいぐるみ」かと尋ねると、「本物のぬいぐるみ」だと答える。ジョヴァンニは、女の子が通りかかると、助け起こして頭をなでながら「大丈夫?」と訊きたいがために、足をひっかけて転ばせる。ジョヴァンニは、アフリカにはシマウマが、アメリカにはバッファローが、インドにはゾウが、ヨーロッパにはキツネが、アジアにはパンダが、中国には中国人がいると答える。ジョヴァンニとは、T-レックスが肉食動物か草食動物かをめぐって大論争になる。ジョヴァンニにとっては、おばあさんとはみんな「よぼよぼ」なものらしく、街でおばあさんを見かけるたびに、面と向かってそう言わないと気がすまない。ジョヴァンニは、「花壇に入ってはいけません」という標識を見ると、標識を裏返しにして入っていく。ジョヴァンニは、二階に行って電話機をとってきて、ついでに父さんにスープが欲しいか訊いてきてと頼まれると、父さんのところへ行って電話が欲しいかと尋ねる。ジョヴァンニが「独りででききるから、あっちへ行ってて」と言いながらも、声が不安そうなときは、勇気を奮いたたせるために自分自身に言い聞かせている。ジョヴァンニは影がどうしてついてくるのか理解できないので、ときどきだしぬけに振り返っては、まだ影がついてきているか確認する……。

ジョヴァンニはいろいろな存在であり得たけれど、なににも増して自由だった。そんなふうに自由になれたらいいなと僕が思うようなあらゆる方法で、ジョヴァンニは自由なのだ。

こうしてジョヴァンニは、ふたたび僕のスーパーヒーローとなった。そして、僕のことを驚かし続ける。

それから二年ほどした午後のこと、ジョヴァンニがキッチンに入ってきて、美術の時間に描いたという絵を見せてくれた。といっても、すぐに絵を見せてくれたわけではない。弟は絵を裏側に向け、テーマと評価点をまず見せてくれた。「戦争を描く。評価点10」と書かれていた。満点だ。僕とジョヴァンニは、例のハイタッチ、〈パシッ－するり－パッチン〉を五回やって祝った。それから、画用紙を表に返して、絵を見せた。説明書きを添えるとしたら、こんな感じになるだろう。「ジョヴァンニ・マッツァリオール。ベンチに座って一人でジェラートを食べている女の人。210×297㎜。ほぼ確実に友だちからくすねた紙に、パステル。ジョルジョーネ中学校所蔵。マッツァリオール財団に一時寄託」

僕は穴があくほど眺めてみたけれど、さっぱり理解できなかった。「戦争を描く」というテーマが与えられたのに、どうしてジョヴァンニは、手にジェラートを持った女の人を描いたのだろう。その場では黙っていたけれど、ジョヴァンニがキッチンから出ていくのを待って、母さんに言った。

「まったく、先生たちはジョーに甘いよな」

「そうよね」妹のアリーチェも、僕の意見に同意した。

すると母さんは、どうしてそんなことを言うのかと尋ねた。

「どうしてって……。あの絵の意味がさっぱりわからない。戦争とまったく関係ないのに、10点満点なんて……」

その話はそこで終わりになった。

その晩、僕はなぜか、無性に文章が書きたくなった。日記帳を取り出した。表紙には、座右の銘が書いてある。

「僕がなによりも怖いもの。それは空白のページ。僕をなによりもわくわくさせるもの。それは空白のページ」

日記帳には、僕の人生のすべてが少しずつ詰まっていた。ポケットに入れて持ち歩ける親友みたいな存在だ。書きはじめようとした瞬間、サイドテーブルに置かれたジョヴァンニの絵が目に入った。昼食のあとにキッチンで見せてくれたものだ。僕は、テーマから外れた、単純な線で描かれたあの絵がなぜ満点だったのか、改めて考えてみた。まず、色や形という観点から分析を試みた。でも、正解らしきものは見つからない。なにかほかに理由があるはずだ。僕には理解できないなにかが……。それにしても、どうして女の人なのだろう。どうして、ジェラートを食べているのだろう。なぜ一人なのだろう。どうしてベンチの端っこにさびしそうに座っているのだろう。ジョヴァンニは、この絵でなにを伝えようとしたのだろうか。

ジョヴァンニの、いつもながらの突飛な行動として片づけるのは簡単なことだった。きっと、与えられた課題の意味が理解できなかったのだろう。そう解釈することも簡単だった。

たしかに簡単だったけれど、ふと、僕も中学時代、ジョヴァンニの担任の先生に美術を教わったことがあるのを思い出した。その先生は、作品を提出するたびに、生徒一人ひとりのノートに感想を書きこんでくれていた。僕は、ジョヴァンニのかばんを取りに行き、美術のノートを見つけ出した。いちばん最近の書きこみは……あった。

思ったとおり、絵に対する先生の感想が書かれていた。僕は食い入るようにそれを読んだ。

戦争を描くというテーマを与えられて、クラスの生徒たちはみんな、銃や大砲や砲弾、死んだ兵士などを描きました。ところが、一人だけ違っていました。マッツァリオール君は、自分なりの方法で戦争を描き出そうとしたのです。ここに描かれている女の人は、戦争に行ってしまった兵士の恋人です。ジェラートを食べることは、マッツァリオール君にとって世界でいちばん楽しいことなのですが、この女の人は一人で食べなければならなくなりました。

戦争というものはつまり、一人でジェラートを食べることを強いる行為でもあるのです。

（本人がこのように説明してくれ、それを一緒に文章にしてみました）

マッツァリオール君、素晴らしいですね！

9 僕の父さんは幼稚園の事務員

そう、業というものは存在する。その夏、街の映画館の駐車場で、僕は実感した。そう、駐車場ではたびたび不思議なことが起こる。

学生にとっての夏は、六月二十一日の夏至の日に始まるわけではなく、学校の最終日の、最後の授業の終わりのチャイムと同時に始まるものだ。その、学校が休みに入った日の晩、母さんと父さんとキアラとアリーチェとジョヴァンニと僕は、夏の到来を祝うために、みんなで映画館へ行くことにした。なんの映画を観たのかは憶えていない。映画の内容はたいして重要ではなく、肝心なのは、みんなで一緒に過ごし、笑い、ポップコーンをほおばることだった。

僕らは、「VIP待遇」のスペースに車を駐めた。「特別な」人たちのために確保された、黄色いラインで囲まれた駐車スペースを、僕らは「VIP待遇」と呼んでいる。僕はVIPの駐車場が好きだった。ジョヴァンニのような人たちを、社会がリスペクトしている証拠だからだ。彼らの移動というか、滞在を保証してくれる、金の額縁といえるだろう。「VIP待遇」の駐車スペースを利用するには、札付きのVIPが車に乗っていないといけない。VIPの許可証は、大勢の人の羨望の的だ。それがフロントガラスの内側に置いてさえあれば、どんな車でもVIP扱いとなり、渋滞する街なかを、血眼になって駐車スペースを探しまわらずにすむからだ。ただし、誰もがそれを手に入れられるわけではない。

とにかく、僕らは駐車場に到着し、車を駐めると、映画館に入った。断っておかなければならないのは、僕ら一家は、決して平凡な観客ではないということだ。僕らほど統制のとれていない笑い方をする家族も珍しいだろう。たとえばコメディ映画を観るとしよう。みんなの意見がいちばんまとまりやすいから、僕らはよくコメディを観に行く。でも、家族みんながおなじタイミングで、おなじように笑うことはない。父さんはなんでもいいからとにかく笑う性質だ。母さんの笑いのツボは、たいてい家庭内のアクシデント。キアラは洗練されたジョークが好みで、アリーチェは……派手なピンクの服を着た女の子が、おバカなクラスメートに似ていたからとか、そんなわけのわからない理由で笑う。僕はナンセンスものが好き。ジョヴァンニは……？　彼がなにをおもしろいと思うのかは、おおいなる謎だけれど、それがなんであれ、僕ら五人を全部合わせた笑い声の、三倍ぐらいのボリュームで笑うのだ。

おまけに、たいてい一人は携帯の電源を切り忘れるし、草刈り機みたいな音を立ててポップコーンを食べるし、炭酸飲料の缶をふってから開けてみたり、バッグを落としたり、ガスを放出したり、つねられて悲鳴をあげたり、拍手をしたり、とにかく騒々しい。そのせいで、父さんがカステルフランコの映画館のチケット売り場で六人分のチケットを買おうとすると、もはや顔見知りの販売スタッフは、そのたびに行き先を変更するように説得を試みる。「今日は盛大な見本市がひらかれていますよ」「広場に移動遊園地が来ているみたいですけど？」「サッカーの試合があります」「新しいジェラート屋さんがオープンしたのはご存じですか？」といった具合だ。

その日、さっきも言ったとおり、なにを観たかはあまり憶えていないが、僕らは映画を観に行った。正直なところ、映画館の暗いホールでなにが起こったのかも憶えていない。というのも、僕の脳内の、その夜の記憶をつかさどる全細胞が、観おわって映画館から出てきたときの出来事に動員されてしまったからだ。

僕が憶えているのは、まだ身体にまとわりついている冷房のひんやりとした空気を六月の熱気に吸いとられながら、車に向かって歩いていくと、誰かが二人の警官と口論していたということだ。その人は、ちょうどうちの車の隣にあった、もう一台分の「VIP待遇」のスペースに車を駐めたらしかった。

「許可証もないのに、優先スペースに車を駐めた人がいるみたい」母さんがぶつぶつ言っている。

「そうらしいね」父さんも相槌を打った。

「規則なんてまったく無視っていう人がいるのよね」キアラが言った。

「きっと、ねたんでる……」そこまで言いかけた僕は、警察官と口論している夫婦の息子らしき少年が車から降りてくるのを見て、あごが外れたように口が動かなくなった。足も前に出せなくなり、その場で立ち止まった。僕は我が目を疑った。もう一度、その子のことをよく見た。僕とおなじくらいの齢だというのに、アーガイル柄のセーターに、目も当てられないストールを巻き、グレーのコットンパンツをはいている。まるで三十年前からそこに置き去りにされているか、時空を超える扉をくぐり抜けてきたかのような雰囲気だ。なにより驚いたのは、その子が、もう何年も会っていなかった知り合いで、僕の頭の中では（頭だけじゃなく、そのほかの器官においても）、人生でいちばんしんどかった時期と密接に結びついている人物だったということだ。

ピゾーネだ。

「どうしたの?」固まっている僕を見て、母さんが尋ねた。「行くわよ。お祖父ちゃんとお祖母ちゃんが、夕飯を作って待ってるんだから」

僕たちは、ピゾーネの家族の脇を、無言ながらも正当な憤りをあらわにして通りすぎた。ピゾーネの両親は警官との口論に夢中で、僕らのほうを見ようともしない。いっぽうのピゾーネは、僕たちの顔がぎりぎり視界に入る分だけ視線をあげ、僕の顔を捉えた。そして僕に気づいた。背すじを伸ばし、僕を見つめ、次に母さん、そして父さん、それからアリーチェとキアラ、最後にジョヴァンニのことを見た。もう一度ジョヴァンニを見たあとで、ふたたび僕のほうに視線を戻した。そのときのピゾーネの表情は、遠い昔のあの日、中学の自転車置き場での出来事以来、いつか思い知らせてやるぞと願い続けてきた僕の気持ちをいっぺんに晴らしてくれるものだった。僕たち家族の心穏やかな態度は、抗いがたい波のように、彼の眼鏡や鼻っ柱に押し寄せ、本当はなにも知らないくせに、自分はなんでも知っているのだと思いこんでいる彼の自尊心を打ち砕いた。

僕とピゾーネは数秒のあいだ、射貫くように互いの目を見つめていた。その間、僕はこんなふうに考えていた。いいや、僕はべつにおまえを憎んでいるわけじゃない。おまえが窮地に陥っているのを見て、いい気味だなんて思ったりもしない。僕らはただ、出会った時期が悪かったんだ。あの頃は、二人ともそれぞれの理由で、外の世界に怯えていた……。僕は車に乗りこみ、ピゾーネの車と隣り合っているほうの窓を開けた。そして、障害者用の駐車許可証をつかむと、こっそりと、忍者のごとく正確に、ピゾーネの家のＢＭＷの、開けっぱなしになっていたドアの中に投げこんだ。

警官たちは僕のしたことを見ていなかった。ピゾーネの両親も見ていなかった。だが、ピゾーネは見ていた。

一瞬、僕の行動が理解できなかったようだけど、すぐに自分の車の中をのぞきこむと、大声で言った。

「お父さん、見つかったよ！　ほら……」

ピゾーネの父親は即座に状況をのみこみ、プラスチックケースに入った許可証を受け取った。

「ああ、よかった」

「ですが、どなたが障害を持っているのです？」警官は怪訝そうな顔をしている。

ピゾーネの父親が、もごもごとなにかつぶやいた。

その許可証が本当に彼らのものなのか警官が確認しようとしたところで、パトカーの無線からざあざあという雑音が流れ、次いで金属的な声がした。本部からの招集で、すぐに出動するようにということだった。どこでなにがあったのかはわからない。警官たちはそれ以上時間を無駄にすることなく、「今後は外からよく見える場所に許可証を置くように」とだけ言うと、パトカーに飛び乗り、走り去った。ピゾーネはパトカーが見えなくなるまで待ってから、僕に許可証を返してくれた。ピゾーネの両親は、さっさと車の中に姿を消していた。

「ジャコモ、ありがとう」

「僕はなにもしてないよ。許可証は僕のじゃない。礼なら、こいつに言ってくれ」そして、VIP待遇の弟を指差した。

「ありがとう……」ピゾーネはジョヴァンニに向かって手を差し出した。するとジョヴァンニは、その手のにおいを嗅ぐかのように近づいていき、握り返した。

二人は微笑んだ。

その夏、カステルフランコの中央広場に、モレーノが来ることになった。ジョヴァンニが夢中になっているラッパーだ。そこで、僕とジョヴァンニと〈カエルのラーナ〉で、一緒にライブに行くことになった。開演六時間前に行って、一番前の列を確保するのだという。僕らが着いたときには、特設のステージがあって、警備員がいるだけで、ほかには誰もいなかった。なにもすることがなかったので、ジョヴァンニはごつい体格の警備員たちを相手にふざけはじめた。一人にイヤフォンのコードを投げたかと思うと、もう一人の靴紐をほどき、さらに別の警備員の耳元で、無線の音をまねて気を散らせるといった具合だ。

あまりに目に余るので、僕はジョヴァンニを捕まえると、地面に膝をついて説明を求めた。

「ジョー、いったいどういうつもりだ?」

「向こうに行きたい」

「バックステージにか？」

「そう。モレーノに会うんだ」

「でも、どうして警備員にそんなイタズラをする？」

「向こうに行きたいから」

「つまり、おまえの計画は、警備員にわざと捕まって、ステージの裏に連れていってもらおうというのか？」

「そう、当たり」ジョヴァンニは、自分の天才的な思いつきに満足しているらしく、肩の埃をはらった。

「いいか、警備員を怒らせたら、ステージ裏になんて入れてもらえないし、モレーノにだって挨拶できなくなる。わかるか？　もっと別の方法を考えないとダメだ」

僕の言葉にショックを受けたジョヴァンニは、自分のおかれた状況を一度検討しなおす必要があることを理解した。

「ボク、間違えた」そう言うと、いかにも考えている人の顔つきになり、あごをかきながらぶつぶつ言いだした。しばらくすると、「考えがある！」と叫んで、こめかみに人差し指を当てた。つまり、ただの「考え」ではなく、かなりの名案らしかった。

フェンスの下の隙間のところまで行き、秘密諜報員よろしく、這いつくばって中をのぞきだした。フェンスの向こう側の、ジョヴァンニの前方に、警備員が二人いた。

ジョヴァンニの位置からだと靴しか見えない。しかもその靴がまったく動かないものだから、ジョヴァンニは、警備員たちが眠っているか、さもなければ気絶していると思ったにちがいない。あらかじめ決められた合図に合わせて——といっても、自分で自分に合図を出しただけなのだけれど——、〈カエルのラーナ〉を胸にぎゅっと抱きしめ、フェンスの内側に転がりこんだ。ぐるりと半回転したところで、警備員の足に乗りあげて止まった。警備員はジョヴァンニを優しく抱きあげると、にっこりと笑って僕に返してくれた。

「どうだった？」僕はジョヴァンニを地面に立たせてから尋ねた。「うまくいった？」

「もう少しだ。もう少しで入れたのに。お願い、ジャック。手を貸して」

僕にどんな手が貸せるというのだろうか。するとジョヴァンニは、警備員に渡す賄賂になりそうなものは、なにも持っていなかった。するとジョヴァンニは、自分が集めているカードのなかで、いちばん大切な一枚をポケットから出して僕に見せ、またしても人差し指をこめかみに当てた。それを渡してみたらどうかと言うのだ。僕は、キリスト教の教理問答で出てくる信仰の証しとは違って、大切にしてさえいれば、ものの価値があがるわけではないことを説明しようとした。ところがジョヴァンニは、僕の言うことが理解できないと言った。それは、ジョヴァンニが持っているなかで最高のカードだった。暗闇で光るT‐レックス。一年かけてようやく手に入れたレアものだ。ジョヴァンニは悲しそうな顔をした。悲しみとひたむきささを同時にたたえた、なんともいえない表情だった。その表情を見たとたん、僕は言った。

「どうしていままで思いつかなかったんだろう……」

こんどは、僕がこめかみに人差し指を当てる番だった。

一人の警備員に、責任者を呼んでくださいと頼んだ。僕は、いいえと答えた。すると、なぜかと理由を尋ねられた。なにか困ったことでもあるのかと。僕は、責任者にしか話せないとねばった。別に困っているわけではないけれど、個人的なことだから、責任者にしか話せないとねばった。怪訝な顔をされたものの、しまいには警備責任者を呼んでもらえることになった。数分後、巨大な図体(ずうたい)をした男の人があらわれた。バッド・スペンサーをもう少し北欧っぽく、ロックっぽくした感じだ。その男の人は、きわめて丁寧な口調で、なんの用かと尋ねた。僕は、用事があるのは僕じゃなくて、弟ですと言って、ジョヴァンニを抱きあげ、弟の顔が責任者の目の高さに来るようにした。するとジョヴァンニは、いま僕に見せたばかりの、悲しみとひたむきささを同時にたたえた表情を浮かべた。それは、あまりに悲しそうで、あまりにひたむきで、氷の女王の心でさえも融(と)かすほどだった。

「弟が……」僕は説明した。「ひと目でいいから、どうしてもモレーノに会いたいと言っています。モレーノの大ファンなんです。モレーノは弟の喜びであり、楽しみでもあるんです。どんな困難なときでも、モレーノの声を聞くと元気になるって……」

あまりに甘ったるいその言葉に、言っている僕自身の血糖値が急上昇しそうだった。

「もし会って話ができたら、僕たちにとって、なにより弟にとって、忘れられない思い出になると思うんです」

僕がそう訴えると、バッド・スペンサーの北欧&ロックバージョンは、涙を流さんばかりに感激していた。

こうして、僕らの目の前で、まるで「ひらけゴマ（アロホモーラ）」と呪文を唱えたかのように、バックステージに続く扉がひらかれた。

それから五分としないうちに、僕たち兄弟はステージ裏の楽屋でモレーノと一緒にいた。モレーノはとても気さくで、ジョヴァンニにサインまでしてくれた。それを見ていたジョヴァンニも、モレーノにサインをした。どうやら弟は、サインとは交換し合うものだと思いこんだらしかった。写真も一緒に撮った。じつは、せっかくモレーノが写真を撮ろうと言ってくれたのに、僕の携帯は年代物で、カメラの機能がついていなかった。すると近くにいたスタッフの女の子が走ってきて、彼女の携帯で写真を撮ってくれた。

「だって、記念に写真を撮らなかったら、会ったことまで嘘みたいに思えてくるでしょ？」彼女は自分のことのように心配してくれた。

「そういうもの？」僕は驚いて訊き返した。

「そういうものよ」彼女が請け合った。

次いでジョヴァンニが、僕らの考え出した〈パシッ－するり－パッチン〉のハイタッチを、モレーノにしてみせるんだと言い張った。モレーノは、本心から感激した様子だった。愉快そうに笑いながら、そんなクールな挨拶は初めて見ると言った。

僕も彼の意見に賛成だった。

最高の夜だった。

ライブのあいだ、僕は有頂天だった。弟よりも僕のほうが感激していた。レイジ・アゲインスト・ザ・マシーンのライブに行ったとしても、あんなには感激しないだろう。ジョヴァンニの感動があまりに素晴らしく、広場全体を輝かせていた。それは、抗いがたい伝染力を持っていた。僕はジョヴァンニを肩車した。見えないというブーイングが後ろのほうから聞こえた気もしたけれど、気づかないふりをした。途中でジョヴァンニは、〈カエルのラーナ〉をステージに向かって投げた。モレーノは、すぐにジョヴァンニが投げたものだと気づいてくれて、観客の前でありがとうと言いながら、拾いあげた。そして、客席のなかからジョヴァンニを探し出し、指差した。広場じゅうから割れんばかりの拍手が沸き起こった。

僕は、最高の友だちとライブに来ているような気がした。染色体が一本多い弟、ジョヴァンニこそが、僕の最高の友だちだった。

ライブから数日経ったある晩、僕はベッドに寝転んで、ポッジから送られてきた個別指導風のくだらない動画を、見るともなしに見ていた。「マッチのつけ方」とか、「鼻の頭のかき方」とか、「犬にワニの変装をさせる方法」とかいったものだ。そのうちに、僕もなにか愉快なチュートリアルをつくってみようと思いたった。「白い紙を白く塗る方法」ううん、なんか違う。「一人バドミントン」これもいまひとつ。「そろったルービックキューブをばらばらにする方法」ダメだ。そのとき、僕の目がふと、ジョヴァンニの絵にとまった。例の、女の人が一人でジェラートを食べている、戦争の絵だ。部屋の壁に貼ってあって、毎晩、僕は寝る前にこの絵を眺めるのが習慣になっていた。

「ダウン症を侮辱する連中の対処法」

そんなチュートリアルをつくったら、きっと役に立つにちがいない。

僕は、枕をぽんとたたいて形を整えると、そのうえに仰向けに寝そべり、頭の後ろで腕を組んだ。そして、ザック・デ・ラ・ロッチャのポスターが貼ってある天井を見つめた。僕は自分に問いかけた。これまで、僕自身はこの問題にどんなふうに対処してきたっけ……。僕のリアクションは、大雑把に三つに分けられた。

一つ目は、丁寧に抗議する方法。「ねえ、きみ、ちょっと。きみはいま、〝ダウン症〟という言葉を、なんていうか……不適切な形で使ってなかったかい？　こんどから、そういう言い方はやめてくれないかな。いい？　ありがとう。じゃあ」といった感じ。

二つ目は、少々憤慨していることを相手に伝える方法。たとえば、「ねえ、きみ、ちょっと。きみはいま、〝ダウン症〟という言葉を、なんていうか……でたらめに使っていたね。たいして意味もわかっていないくせに、でたらめに使うのはやめてくれ。わかったな？」

三つ目は、苛立ちを相手にストレートにぶつける方法。「誰に向かって〝ダウン症〟という言葉を使ってやがる、このくそったれ！　顔をぶったたいてやろうか？」と、相手の鼻に自分の鼻を押しつけ、小突きながら、超（スーパー）サイヤ人に変身したつもりで言うのだ。

何年ものあいだ僕のリアクションは、この三つのパターンのどれかだった。僕はずっと、攻撃こそが最大の防御だと信じていた。いわば、常に犬を解き放ち、けしかけているようなものだ。だけど、それがなんの役に立つというのだろう。それでなにか解決できたことはあっただろうか。相手を侮辱してみたところで、その人の侮辱的な態度が改まるわけではない。そんなやり方では、ひとの心や、胸の内や、行動を変えることはできない。僕の場合、ジョヴァンニという愛情あふれる存在がいつもそばにいてくれたおかげで、考え方が少しずつ変化していった。ジョヴァンニの純真さと、喜びに満ちた眼差しによって。

そう、愛情と喜びこそが大切なのだ。「誰に向かって〝ダウン症〟という言葉を使ってやがる、このくそったれ！」と怒鳴ることには、愛情のかけらも喜びのかけらもない。

なにか別の対処法を見つける必要があった。そんなときヒントをくれたのは、父さんだった。

僕は、父さんの会話をたまたま耳にしたのだ。父さんと市場で買い物をしていたら、かっちりとしたスーツに、非の打ちどころのないワイシャツを着て、おなじく非の打ちどころのないネクタイを締め、ベルトと靴の色が完璧にそろっている男の人が、とつぜん目の前にあらわれて、嬉しそうに父さんに声をかけてきた。遠い昔、高校のクラスメートだったらしい。二十年ぶりの再会だった。

「ダヴィデ、元気だったか？」

「ああ元気だよ。きみは？」

「俺もだ。いま、どんな仕事をしてるんだい？」

僕は、それを聞いて不思議に思った。二十年ぶりの再会だというのに、どうして、まず仕事のことを尋ねるのだろう。じつは、僕もときどきおなじことを訊かれることがあった。もちろん、僕がどんな仕事をしてるのかと訊かれるわけじゃなくて、父さんの仕事はなんなのかと尋ねられるのだ。僕だったら、きみのお父さん、どんな仕事をしてるの?なんて質問はぜったいにしない。それより、このあいだの選挙で誰に投票した?と尋ねたほうが、よっぽどいろいろなことがわかるのに。

それはともかくとして、僕の父さんは事務員をしていた。幼稚園の事務員だ。

その日まで、父さんの仕事を訊かれると、僕はいつもこう答えていた。「企業で会計士をしているよ」すると、いったいなにを思うのか知らないけれど、たいていの人が、うわお、と答えるのだった。あまり深く考えずに、ただ「事務員」と答えると、さぞ苦労が多いことだろうね、なにかあったら俺に相談してくれとでも言いたげに、肩をたたかれたりする。それは、ダウン症のある弟がいると言ったときに人々が見せる同情の態度と通じるものがあった。そういえば以前、どこかの店員さんに、ダウン症のある弟がいると言ったら、いきなりハグをされ、「わたしにはこれくらいしかしてあげられないけれど……」と言って、値引きされたこともあった。それればかりか、ご愁傷様ですとまで言われたこともあった。

ところが、その朝、市場で出会った非の打ちどころのないスーツ姿の男の人に、父さんはこう答えたのだ。

「そうだなあ、メインの仕事は〝父親業〟だ。そのほか、空き時間には印鑑を押したり、収支報告書のミスを指摘したり、先生たちの機嫌をなおしたり、休み時間にはサッカーもする。あと文章を書くことも……」

「どんなジャンルの？」

「企業小説といったところかな。各種報告書とか、議事録とか、まあいろいろだ」

「なにふざけたことを言ってるんだ。つまり、失業中だってこと？」

父さんはにっこりと笑った。

「いいや。幼稚園の事務員をしてる」

「冗談だろ？」男の人は、薄笑いを浮かべた。

「誓って本当だ」

その人は、なおも信じられないと言いたげな、珍妙な顔をした。

「どうしてまた、そんな仕事を？」

「たしかに、楽な道のりじゃなかったね。正直、いまのポストを手に入れるまでに、いろいろな職場を転々としたよ。大企業に勤めて、各種の福利厚生を受けていた時期もあった。でも、ようやくこうして希望が叶ったんだ」

昔の同級生は、ますます狐（きつね）につままれたような顔になった。

「何年も前から夢見てたんだ。幼稚園の事務員になることをね」

父さんはそう言うと、ドアの外に掲げられた、「事務室」と書かれたプレートをイメージするように、手でアーチ形を描いてみせた。それから指折り数えながら、利点を挙げはじめた。

「非正規の雇用契約。食堂はただで利用できる。愉快な話をしてくれる子どもたち……」次いで、ウインクしながら続けた。「若いママたちは毎日挨拶してくれるし、ひっきりなしに入園相談に訪れる。それにコピーだって……」すごいことを思い出したかのように目を輝かせた。「一枚たったの二セントだし、電話だってただだ。休み時間にサッカーをすれば、かならず勝てるし、パソコンはあまりに旧式だから、起ちあがるのを待ちながら、いろいろほかのことができる。専用の駐車場もあるし、使わなくなったおもちゃは家に持って帰れる。長年置き忘れられていた自転車を自分専用に使っても、誰にも文句を言われない。ほかの職場にはないメリットばかりだよ」

「……」

「ところでトンマーソ、きみはどんな仕事をしてるんだい？」

「おいおい、俺はルカだ」

「ああ、そうだった。ルカ。きみはどんな仕事をしてる？」

「弁護士」

「うっひょー！」父さんは、足を踏まれたときのような素っ頓狂な声をあげた。「そいつは大変だ。いつまで続けるつもりかい？」

多かれ少なかれ、そんな感じの会話だった。誤解のないように言っておくけれど、べつに弁護士が悪い仕事だと言いたいわけではない。

とにかく、一連のやりとりを聞いていて、なにより僕の印象に残ったのは、アイロニーというものの並外れた力だった。そのとき僕は思った。そうだ、チュートリアルを撮るときにはアイロニーをうまく活用することにしよう。相手に対する愛情を忘れずに。怒りをぶつけるのではなく、アイロニーをうまく活用すれば、問題となっている相手に、違いというのは人生に欠かせない要素だということを理解してもらえるはずだ。人は誰しも、なにかしら「病」を抱えている。そう、ドーナッツを揚げるのが得意な、ダウン症のある友だちのダヴィデが言っていたように。僕は、ジョヴァンニの持つ世界がどれほど素晴らしく、複雑で、意表をつくものなのかを伝えるショートムービーを撮影できないかと考えはじめていた。

それと同時に、僕自身が弟を特別扱いすることをやめなければと思った。ほかの人の話をするときとまったくおなじように、身構えることなく、気軽に弟の話をするべきなのだ。ジョヴァンニがお得意のイタズラを僕にしかけてきたら、「聞いてくれよ。うちの弟ったらひどいんだ。あのクソ野郎」と言ったって、べつに構わないはずだ。問題は、親友のヴィットならば、きっと笑って聞き流してくれるけれど、ほかの人の場合にはそうはいかない。聞き捨てならないという顔をして、責め立てられる。なんだって？　障害のある弟に、「クソ野郎」だなんて、おまえ、よくもそんなことが言えるなあ。

だけど、本当はそうじゃないはずだ。弟のやつ、僕の携帯をプールに投げこみやがった、あのクソ野郎。弟のやつ、僕のポケットから小銭を盗みやがった、あのクソ野郎。弟のやつ、僕はバスケが下手だと友だちに言いふらしてやがる、あのクソ野郎。僕だって弟に対して、クソ野郎だとか、こんちくしょうだとか、アホんだらだとか、必要ならこの三つの言葉をいっぺんに言ったっていいはずだ。好きな人を叱るのは、愛情のしるしだろう。僕の弟は「クソ野郎」だと胸を張って言えたとき、僕は本当の意味で偏見から自由になれるはずだった。

ある日、夕食前の時間に、母さんと父さん、キアラにアリーチェ、そして僕の五人がキッチンにいて、ジョヴァンニだけがリビングで遊んでいたことがあった。

僕はまわりを見まわした。なんだか十年前の午後に時がさかのぼったような気がした。あの日、僕は表紙に「ダウン症」という単語が書かれた青い本を見つけたのだった。あのときとおなじように、父さんはアーモンドをつまんでいたし、母さんは、ピーマンではないけれど、ズッキーニを刻んでいた。アリーチェは携帯をいじっていて、キアラはカップを手に持っていた。二月の終わりで、まだ冬だった。窓から洩れてくる街灯のはかなげな明かりが、暖炉に火を熾して、栗をくべ、暖かな毛布にくるまりなさいと言っているようだった。

「今日ね、とても素敵な光景を見たの」母さんが、唐突に話しはじめた。

父さんは、キッチンにほかの人がいたなんてちっとも気づかなかったというように、アーモンドの器から顔をあげた。アリーチェは相変わらず携帯の画面を食い入るように見つめている。キアラは首を少しかしげ、話の続きを待っていた。

「なにを見たんだい？」

「ジョヴァンニよ」

「毎日見てるだろう」

「そうじゃないの。学校に迎えに行ったときにね、帰り際、ジョヴァンニがみんなに挨拶をしている様子を見ていたの。そしたら、あの子、相手がいじめっ子だろうが優等生だろうが、とにかく全員に挨拶するのよ。しかも、一人ひとりに対して違う挨拶の仕方をしてるの、気づいてた？」

「そうそう。相手がいじめっ子のときほど、愛情たっぷりの挨拶をするんだ」僕も言った。

「なにより驚いたのはね……」僕の言葉が聞こえなかったかのように、母さんが続けた。「ジョヴァンニが話しかけると、みんな笑顔になるの」

「そりゃあ、ひょうきん者だからな」

「フェデリカ叔母さんと老人ホームに行ったときもそうだったよ」アリーチェも言った。「お年寄りがみんなしょんぼりしているのを見たら、ジョヴァンニったら、おどけて、その辺にあった籠を頭にかぶって、あちこち走りまわりはじめたの」

「だけどね、学校でのジョヴァンニのいちばんのお気に入りは、ジュリアなんだって。結婚したいって言ってたよ」そう言ったのはキアラだ。

するとアリーチェが携帯の画面から顔をあげた。

「ジョーは、自分が結婚できないって知ったらショックを受けるだろうな」

「どうして結婚できないって決めつけるんだ？」父さんは、相変わらず器からアーモンドをつまみながら言った。

「どうしてってって……」

「ジョヴァンニにとって、"結婚"という言葉がなにを意味しているか、考えてごらん。おしゃれな服を着て、パーティをひらく。そうだろ？　きっといつかジョヴァンニだって、誰かとそういうパーティをひらく日がくるかもしれないじゃないか」

「でも、子どもが欲しくなったらどうするの？」アリーチェは引き下がらない。

「子どもは無理かもしれないと説明すればいいことだ。ジャコモだって、どんなに望んでも、自分がプロのバスケ選手になることは無理だとわかっている。それとおなじことさ」

「だけど、就職の手助けをしてやるのだって難しいと思うよ」僕は言った。

「大丈夫。あたしが薬局をひらいて、そこで雇ってあげるから」キアラが言った。

「そうね。わたしたち家族が、将来の予測や希望を微調整しながら、ジョヴァンニの生活をいつも新鮮な目で見つめてあげる必要があると思うの。大切なのは見守ることと」母さんが言った。

「うん」

「そうね」

「イェー」

「カリッ」最後に父さんが、アーモンドをかじりながらうなずいた。

見守ること。僕は頭の中で繰り返した。立ちあがり、ジョヴァンニの様子を見に、リビングへ行った。

ジョヴァンニが恐竜のぬいぐるみで遊んでいる。僕は、入ってすぐの物かげに隠れてこっそり見ていた。それまで僕は、弟がどんなふうにして一人で恐竜と遊ぶのか、注意深く観察したことはなかった。ジョヴァンニは、左側の山から恐竜をひとつつかむと、恐竜の足に目を近づけ、床を走らせ、回転させ、ジャンプをさせる。そして、部屋の反対側の隅に投げるのだ。それから、また左側の山から別の恐竜をひとつつかみ、おなじことを繰り返す。右側には、しだいに先史時代の動物たちの墓地ができあがっていく……。

ジョヴァンニは、どの恐竜もすべて正確に把握していた。名前だけでなく、実際の体長や、どこに生息していたのかということまで。まちがいなく恐竜博士だ。どうしてそんなに恐竜が好きなんだろう。

僕は目を閉じて、弟の目に映っている光景を見ようとしてみた。やがて、少しずつ浮かびあがってきた。時は中生代。テレビのそばには湖があり、本のあいだに木が茂り、絨毯の代わりに草原がひろがる。一頭のディプロドクスが出窓においてある母さんの鉢植えをむしゃむしゃと食べ、プテロダクティルスが僕たちの頭上を飛んでいる。ソファーの後ろに隠れているのは、ステゴサウルスだ。ジョヴァンニは、そんなパラレルワールドに浸っていた。僕は、中生代もなかなか居心地がいいものだと思った。そして、しばらくその世界を堪能した。どのくらいの時間かはわからない。そこには時間という概念がなかった。たとえそれが二十分だったとしても、三日間だったとしても、あまり違いはなかった。ジョヴァンニの目に映っている世界が見えるようになるまで、僕は十二年もの歳月を要したのだ。

そうして見えてきたのは、なかなか素敵な世界だった。

その翌日、僕は墓地へ行った（恐竜のではなく、本物の墓地のほうだ）。右に曲がって、左に曲がって、また右に入る。そこから十二列目の七番目。アルフレード・コレッラ。お祖父ちゃんがそこに眠っている。ジョヴァンニが成長し、僕らの生活にとって欠かせない存在となり、僕らの暮らしや生き方を変えていく。そんな姿を見届けないままお祖父ちゃんが亡くなったのは、本当に残念だった。だから僕は、重要な出来事があると、お祖父ちゃん宛に手紙を認めては、石の下に挿んでいた。ほかの人にはふだんあまり口にできないようなことでも、手紙になら書けた。思いつくことを整理しているうちに、しだいに輪郭のはっきりした考えが立ちあらわれ、お祖父ちゃんにだけは伝えることができるのだ。

こんにちは、アルフレードお祖父ちゃん。どうしてる？　この世で起こっている出来事を、お祖父ちゃんも一緒に体験できないのはとっても残念だよ。ジョヴァンニがどんなふうに成長しているか、お祖父ちゃんには想像もできないだろうね。ジョヴァンニは、片時も休まずに動きまわり、次から次へとやりたいことを見つけて、あらゆることに熱中するんだ。でもね、お祖父ちゃん。僕はときどき、ジョヴァンニが死んだときのことを考えずにはいられない。スーパーヒーローだって、いつかは死ぬでしょ？　お祖父ちゃんのいる天国には、スーパーヒーローがいる？　ジョヴァンニは、いまはまだ十一歳。だから「死」とは縁遠くて、ジョヴァンニの名前が出てくる文脈のなかで「死」という言葉を使うと、ラザーニャにジャムを塗ったみたいに不釣り合いに思える。でも、たぶんお祖父ちゃんも知っているとおり、ジョヴァンニの命はおそらく僕の命よりも短いんだ。百パーセント確実というわけじゃないけれど、その可能性が高い。だから、僕はジョヴァンニの棺を見ることになると思う。あの金曜日、お祖父ちゃんの棺を見たのとおなじようにね。

　お祖父ちゃんは死ぬのが怖かった？　でも、自分のためにじゃないよね。お祖父ちゃんは、自分のことについてはなにも恐れていなかったって僕は知っている。いちど僕にそう言ったのを憶えているよ。お祖父ちゃんは、「わしはなにも怖いものなんてない」って、断言してたよね。でも、まわりの誰かが死んだらどうしようっていう恐怖は感じなかった？　たとえば、ブルーナお祖母ちゃんが死んじゃったら……とか。独りぼっちになることが怖いと思ったことはない？

　いつか、ジョヴァンニが死んでしまう日が来るかもしれない。そうしたら、流した涙の一粒ひとつぶが思い出になる。そして、思い出の一つひとつが笑いなんだ。だって、ジョヴァンニと一緒にいたら、笑わずにはいられないでしょ？　だから、僕は悲しくない。もし、そのときに僕が泣くとしたら、それはあんまり笑いすぎてお腹がよじれないようにするためだよ。大事なのは、ジョヴァンニが消えていなくなるわけじゃないってこと。それがなにより肝心なんだ。僕には、死をどうすることもできない。僕らのだけど、ジョヴァンニはすでに空気のなかにいる。水や地面や火のなかにも。僕らのあいだにも、僕らの心のなかにもいるんだ。

ジョヴァンニは、どこへ行っても、その場の雰囲気をがらりと変える力を持っている。

ジョヴァンニがいなくなってしまったら、僕が残念に思うこと。それは、ジョヴァンニと知り合えなかった人がいるってことだ。もしジョヴァンニがいなくなったら、僕は、カスターニ通りで彼の影を探すだろう。よくジョヴァンニがそうしていたように。もしジョヴァンニがいなくなったら、僕は、先端のないペンであいつの持っている本のタイトルを端から全部なぞるだろう。もしジョヴァンニがいなくなったら、僕は、誰彼かまわず会う人全員をハグするだろう。あいつがそうしたように。もしジョヴァンニがいなくなったら、僕は、あいつのぬいぐるみとダンスを踊るだろう。中生代に行けば、ディプロドクスとT‐レックスのあいだで、ジョヴァンニが僕のことをずっと待っていてくれるにちがいない。

恐竜に夢中な、僕の弟がね。

お祖父ちゃんの孫のジャックより

10 ジョヴァンニは、いつだって変わらない

そうは言っても、人生はまだまだ続いていく。僕の人生も、弟の人生も。なんといっても、僕らは一緒だった。ジョヴァンニと出掛けることは、僕を幸せな気分にしてくれる。まるで燦々（さんさん）と降りそそぐ太陽の光をポケットに入れて持ち歩いているみたいに。僕はもう、誰になにを言われようと怖くなかった。それだけでなく、たとえ誰かになにか言われても、その場ですぐに相手のことをとやかく思わないようになった。

要するに、絵画の脇に掲げられている説明書きに頼らなくても、キャンバスに描かれた絵そのものを鑑賞できるようになってきたということだ。リアーナを聴いているからといって、みんながみんな厳格なベジタリアンとは限らないし、なかには好感の持てる子もいることを発見した。ひとは、聴いている音楽からでは判断できない。

この時期、ジョヴァンニは動画の撮影に熱中した。インタビューしてと、毎日のように僕にせがんだ。理由はよくわからない。動画に映った自分を見ることで自己評価が高まるのかもしれないし、純粋に楽しいのかもしれない。とにかく、僕らが撮影す

るインタビュー動画は、回を重ねるごとにシュールなものになっていった。ジョヴァンニが政治家の車を盗んだことを僕が突きとめるとか、イギリスの女王のスパイだったとか、十年間、パスタサンドしか食べずに生きてきたとか、そんな架空の設定で動画を撮影するのだ。弟は、それを心の底から楽しんだ。おかしくてたまらず、床を転げまわって笑っている。弟の笑いは、世界一伝染力のある笑いだから、当然ながら僕も腹をよじって笑うことになる。そうして兄弟で笑い転げれば笑い転げるほど、iPad の空き容量が減っていった。とうとうある日、ストーリーも決まり、髪をジェルで固め、お気に入りの赤いセーターを着こんだジョヴァンニが、勢いこんで新しい動画の撮影に挑むぞという段になって、不幸な出来事が僕らを襲った。iPad の空き容量がゼロになったのだ。

「どれかを消さないと」と僕は言った。

「なにを?」

「いままでに撮った動画だよ。どれか消さないと……」

「ダメ。なにも消さない」

「ほかに方法がないんだけど」

「あるよ」ジョヴァンニは自信ありげに言った。

「どんな?」

あごに指を当て、天井を眺めながら考えはじめたと思ったら、やがて「アリーチェ」と言った。

「アリーチェ？」

「カメラ」

「アリーチェのカメラを勝手に使うわけにはいかないよ。どれだけ大事にしてるか、おまえも知ってるだろ？　誰にも触らせないんだから。携帯で撮るしかないね。携帯でも動画は撮れる……」

じつは、モレーノのライブで貴重なチャンスを逃しかけた一件があってからというもの、僕は、遅ればせながらカメラ機能のついた携帯に買い替えていた。ただし、安い機種を選んだため、映画教育協会(イスティトゥート・ルーチェ)の資料館から発掘される大昔のフィルムのような画質の映像しか撮れなかった。

「きれいじゃあない」ジョヴァンニが、ゴキブリをのみこんだような顔で言った。

「だったらどうする？」

「アリーチェのカメラを盗む」弟は、忍者をまねて壁にへばりつきながら言った。

「盗むったって……」

僕の言葉が終わらないうちに、ジョヴァンニはさっさと階段をのぼりはじめていた。僕もあとを追う。するとジョヴァンニが、廊下で膝立ちになってアリーチェの部屋をのぞいていた。僕ものぞいてみた。アリーチェは机に向かって勉強している。仕方ない。僕は思った。やってみるだけの価値はあるかも。

「じゃあ、こうしよう」僕はジョヴァンニに提案した。「まず僕が部屋に入って、アリーチェの気をひきつけるから、ジョーはあとからこっそり入ってきて、カメラを盗る。いいね？　ほら、あそこの奥にある。見えるかい？」僕はカメラを指差して言った。「箱のあいだだよ」

「二人組の泥棒」ジョヴァンニは、興奮のあまり頬を赤く染めている。

「そう、ボニーとクライドみたいなもんさ。フランク&ジェシー・ジェームズともいえる」

僕がなんのことを言っているのかもわからずに、ジョヴァンニは意気込んでうなずいた。

「わかったのか？」

またしてもうなずく。

「じゃあ、僕は部屋に入るからな」

「泥棒大好き」ジョヴァンニがにんまりと笑った。

アリーチェの部屋のドアには、「連中は、みんなと違うと言って僕らを笑いものにする。だったら僕らは、みんなとおなじだと言って連中を笑いものにしてやろう」という文字がでかでかと貼られていた。壁にはスティーブ・マッカリーの写真。『ナショナル・ジオグラフィック』誌の表紙を飾った、緑の瞳のアフガンの少女の写真で有名な報道写真家だ。

僕は部屋に入ると、アリーチェに話しかけた。「へい」

アリーチェは読書に熱中したまま、筋肉一本動かさずに「へい」と返す。

僕は、ジョヴァンニが見つからないように部屋に入れる位置に陣取った。

「なんか用？」とアリーチェ。

まずい。用事を考えておくのを忘れてた。

「パラフィン紙ある？」

アリーチェは知覚できないぐらいかすかに首を動かして、瞳を目の端のほうにやり、かろうじて僕を視界に捉えた。

「なんて？」

「パラフィン紙だよ。沈まない紙の舟を作りたいんだ」

「パラフィン紙がどういうものかも知らないあたしが、持ってるわけないでしょ」

僕は、横目を使って、ジョヴァンニが部屋に入ったかどうか確かめようとしたけれど、入った気配はなかった。

「確かにそうだ。僕がどうかしてた。アリーチェがパラフィン紙なんて持ってるわけがないよな。それより……僕のバスケットボール見なかった？　あと緑のソックスもないんだよね……。そうそう、父さんの聖名の日のお祝いに、なにをプレゼントしたらいいと思う？」

アリーチェは椅子に座りなおして、僕の顔をまじまじと見た。

「なにを言ってるのか、意味不明なんだけど……」

僕はそれ以上どうしていいかわからなくなり、振り向いた。

「ジョヴァンニ、どこにいるんだ？」

ジョヴァンニは、廊下でひっくり返って笑っている。

「二人でなにしてるの？」アリーチェが怪訝そうな顔をした。

するとジョヴァンニがおもむろに立ちあがり、部屋に入ってきた。

「ごめんね、アリーチェ。ボクとジャックは泥棒。ビデオカメラを盗みにきた。アリーチェはあっち見て、こっちは見ないで。黙って、なにもなかったふりをしてるの。あっちを見てて。ありがと。じゃあね」

「いったいなんなのよ」

ジョヴァンニは部屋を突っ切って、ビデオカメラをつかんだ。

「ちょっと！」アリーチェは言って、僕を見た。「説明して」

「いや、なんでもないんだ……。じつはね」僕は口ごもった。「iPad の容量がいっぱいになっちゃったんだけど、ジョヴァンニが古い動画を消したくないって言うんだ。でも、新しい動画を撮らないとならない」

「新しい動画？」

「うん」

「どんな？」

「就職の面接試験」

アリーチェは、頭がおかしいんじゃないの？というように、僕を見た。

「ジョヴァンニは、インタビュー動画の受け答えがずいぶんうまくなったんだ。それで、就職の面接を受けるという設定で、新しく動画を撮影する約束をしたってわけ。きちんと編集した、プロフェッショナルな動画をね」

「プロフェッショナル？」

「オフィスや受付、それに待合室なんかも……」

「オフィスや受付や待合室なんて、どこにあるわけ？」

「アルベルトのお父さんの事務所」

「公証人の？」

「そう」

そのあいだにもジョヴァンニは、こそこそと、ビデオカメラだけでなく、三脚やメーキャップ用の化粧箱までせしめている。

「それで……」僕は腹をくくった。「優しいアリーチェのことだから、もしかすると僕たちに……」

「ビデオカメラと三脚とメーキャップ用の化粧箱を貸せって言うの？」

「そのとおり。借りたいのは、ほかでもなくその三つだ」

アリーチェは、僕とジョヴァンニを交互に見つめた。その目は、決めかねているようだった。

「わかった」しばらく考えたすえに、言った。「ただし、取り扱いにはじゅうぶん注意すること」

アリーチェの口から、言葉がひと言ずつ、風船のように弾みながら飛び出してきた。

「取り扱いにはじゅうぶん注意すること、ということは、つまり、いいってことだね？」

アリーチェは、さっさと視線を本のページに戻した。

「そうよ、いいってこと。取り扱いにじゅうぶん注意してくれればね」

「もちろん注意する」

「大事に使ってね」アリーチェは僕の顔も見ずに言った。「カメラになにかあったら、お兄ちゃんのパソコンを窓から放り投げるから、覚悟してね。わかった？」

「たとえ全身がぼろぼろになろうと、約束を守るよ」僕は、誓いのしるしとして、両手の人差し指にキスをした。

「用はすんだんでしょ?」

「アリーチェにお礼を言うんだ」僕はジョヴァンニに言った。

「ありがとう、アリーチェ」

僕らは、そのままあとずさりして、お辞儀の姿勢でアリーチェの部屋を出た。それから、自分たちの部屋に戻った。

「泥棒うまくいった!」ジョヴァンニが叫んだ。

「そうでもなかったけど」と僕。

ジョヴァンニは戦利品をベッドの上に並べ、そのままじっと洋服だんすを眺めている。やがて、こめかみに人差し指を当てた。素晴らしいアイディアがひらめいた証拠だ。ジョヴァンニの場合、人差し指をあごに当てると、日常的なアイディアが浮かんでくる(たとえば、イエスと答えるべきかノーと答えるべきか、地下室で遊ぶかリビングで遊ぶか、チキンとポテトピューレのどちらを先に食べるかといったこと)。一方で、とびきりのアイディアは、こめかみに人差し指を当てたときに湧いてくる。一日にとびきりのアイディアが二つ以上あったら、とびきりの一日だったということだ。すでにその日は、朝のうちに、手や口やほっぺたといった身体のパーツをコピーしてプリントアウトしたら、自分の複製ができるというアイディアをジョヴァンニは思いついていた。そして、二つ目のとびきりのアイディアが、ジャケットを着るというものだった。

「ジャケット！」ジョヴァンニは大声で宣言すると、洋服だんすの扉を全開にして、中に入っていた服を次々に引っ張り出しながら、ジャケットを探している。就職の面接風景を撮影するために、ばっちり決めるつもりなのだと僕は解釈した。

「ジャケットの下には白いワイシャツを着ないとね」と僕が言うと、

「ちょうちょも」とジョヴァンニが答えた。

「ああ、もちろん蝶ネクタイもだ……」

どんなシーンを撮影すればいいのか、はっきりとしたプランがあるわけではなかった。それでも、ビデオを撮りながらジョヴァンニと過ごす時間は、僕にとって貴重な時間だった。思い出を一緒につくりあげるのだ。

僕とジョヴァンニとで、一緒にストーリーを創り、その中に入りこむ。

僕とジョヴァンニとがスクリーンに映し出される。現実と非現実が交差する場所だ。

個々のシーンをどんな順序で撮影したのか、よく憶えていない。まず消防署に行ったんだっけ？　いや、先にアルベルトのお父さんの事務所に行って、それから老人ホームに行ったのかもしれない。どちらかわからないけれど、はっきり憶えているのは、全部を撮影するのに三日かかったことだ。というのも、僕は三日間勉強ができなくて、数学でひどい成績をとった。とにかく、計画どおり進んだことはひとつもなかった。おかげで、撮影はさらに楽しいものとなった。たとえるなら、巨大なタイヤを持ってきて、輪の中でまるくなり、丘を転がるようなものだ。ただし、実際に僕らが乗っていたのは、タイヤにちょっと毛が生えたような、おんぼろのフォード・フィエスタだった。ブルーナお祖母ちゃんから借りたやつだ。僕らはこの車で、ロケ地からロケ地へとカステルフランコじゅうを移動した。といっても小さな町のことだから高が知れていて、サッカーのフィールド五、六周程度の距離だ。免許とりたての僕が運転席に座り、サイクリング用のヘルメットをかぶったジョヴァンニが（弟は、車に乗るときでもサイクリング用のヘルメットをかぶる）僕の右隣の助手席に座る。後部座席には撮影隊が控えていた。〈カエルのラーナ〉と恐竜図鑑、三脚、着替え、コカ・コーラ、ポテトチップス一袋、それとぬいぐるみの詰まったアタッシェケース。

どこかに出掛けるとき、目的地が遠かろうが近かろうが、ジョヴァンニは歓喜で全身をふくらませる。体内で膨張した喜びが、間欠泉（かんけつせん）から噴出する水蒸気のようにあふれ出すのだ。地球上の酸素分子をいっぺんにのみこむつもりなのか、車の窓から頭を出して、べろを出していた。時速三十キロの安全運転にもかかわらず、猛スピードのジェットコースターに乗っているかのように、両手をあげてはしゃいでいる。そうして僕らは、カパレッツァの「ファン・ゴッホでもあるまいに」を大声で歌っていた。まるで空を飛んでいるような気分だった。

消防署で、ジョヴァンニは消防自動車の運転席に座らせてもらった。制服とヘルメットを着用し、緊急支援のために出動するシーンを演じたのだ。ショッピングモールでは、ジョヴァンニがエレベーター、僕が階段を使って、どちらが速いか何度も競争した。

アルベルトのお父さんの事務所では、契約を結ぶ会議をしていた部屋に忍びこみ、ぬいぐるみの入ったアタッシェケースを見せびらかした。それから、迷惑のかからなそうな部屋に移動して、二十分あまり撮影をした。僕はジョヴァンニに、質問をいくつかしてみた。撮影のために準備した質問もあるし、ずっと以前から訊いてみたかった質問もあるし、その場で思いついた質問もある。ジョヴァンニはたいていちぐはぐな回答をした。僕がそう仕向けた場合もあったし（ポテトチップスで誘惑する）、ジョヴァンニが僕を困らせようとしたこともあったし、質問をあまりよく理解できなかったときもあった。それでも、どんなふうに撮影を進めていいかわからなくて僕が立ち往生していると、弟が見事なアドリブを思いつき、弟が立ち往生しているときには、当然ながら僕がフォローした。僕たち兄弟は、まるで二頭で協力し合って狩りをするチーターのように、直感的に通じ合えるのだった。

撮影が終わると、僕らは例の〈パシッ-するり-パッチン〉のハイタッチを交わし、ふたたび大音量で音楽を聴きながらフォード・フィエスタを走らせた。

ジョヴァンニの友だちのアントニオの家では、バスケットボールをした。ずいぶん時間がかかったものの、最後には弟がゴールを決めるシーンを撮影できた。

通りを歩いているときには、弟一人に少し先を歩かせ、その身体の動きから生まれるポエジーを映像に捉えようとした。まるで仕事へ行くかのような真剣な面持ちで道路を歩いてみたり、ショーウインドウの代わりに壁をじっと眺めてみたり、ゴミ箱を蹴とばしてみたり、ときには用もないのに呼び鈴を押してみたり……。老人ホームでは、お年寄りに飴を投げたかと思えば、車椅子を勢いよく押すこともあり、冷や冷やさせられた。ちょっと走ってみてと指示を出したところ、どこまでと特定しなかったために、ジョヴァンニが止まらなくなってしまい、慌てて追いかけたことも一度や二度ではなかった。

学校にも行き、先生に頼んで、教室での撮影を許可してもらった。ジョヴァンニはクラスメートみんなにすごく好かれていることを知っていたので、僕はなんとしてでもその気持ちを映像に入れたかった。よりリアルな場面を撮るために、黒板になにか書いてみてと言うと、ジョヴァンニは「6＝6」と書いてみせた。教室じゅうにどっと笑いが起こった。もちろん僕も、先生も笑った。すると弟は、計算を間違えたものと思ったらしく、「－100」と書き足して、「6＝6－100」とした。最初に書いた数式は正しかったのに、僕らが笑ったばかりに、間違ったことを書かせてしまった。

僕は、家に帰ってからもジョヴァンニのあとをくっついて歩き、日常生活のひとコマひとコマをこっそり観察した。弟のなにげない仕草や、ちょっとしたこだわり、僕たち家族全員に対する思いやり……弟の行動のはしばしに、魔法めいたものが感じられた。僕は、これからもそれらを捉えようとしながら生きていくのだろうと思った。

何時間分の映像を撮ったかわからない。とにかくたくさん撮影した。

二〇一五年の三月二十日、〈世界ダウン症の日〉の前日の夜の九時、僕は自分の古いパソコンと奮闘していた。撮影した映像を編集していたのだ。高校一年のときに受けたいろいろな講習のなかに、映像制作もあったのだけれど、そのときに教わったことはほとんど記憶になかった。ひとつだけはっきり憶えているのは、講座を担当していた、ひょろりとしたドレッドヘアの若い男の先生が言った、「映像に唯一無二の価値を与えるのは、往々にしてミスや偶然なのだ」というフレーズだった。ジョヴァンニと一緒に撮影した映像を見返しているうちに、まさにその言葉どおりだという思いが頭をもたげた。あらかじめ机上で案を練り、計画していた演技よりも、ジョヴァンニの自然な振る舞いや、自分以外のもののふりができなくて、思うような演技ができなかった部分が、結果的に素晴らしいシーンに仕上がっていた。

おまけに僕は、いくつもの初歩的なミスを犯していた。たとえば、撮影している僕の姿がガラスに映りこんでいたり、色の調整や白黒のコントラストがなっていなかったり、手ぶれがあったり、クローズアップがぼけていたり……などなど。それでも、撮りなおしたいと思うショットはひとつもなかった。ミスもまた僕らの生活の一部だったし、ドレッドヘアの先生が言っていたとおり、脚本を書く段階では思いもつかなかったシーンもあった。たとえば、ジョヴァンニが誰もいない夕暮れ時の広場を駆けだすシーン。駆けていくジョヴァンニの背中と一緒に、さまざまなものが映りこんでいた。僕の希望がまるごとと、不安の断片……。

家ではみんな眠っていた。

母さんも父さんも、アリーチェもキアラも。ジョヴァンニも、僕のベッドの隣で眠っていた。弟の眠りを妨げないよう、僕はヘッドフォンをつけて作業をしていた。パソコンの画面の青白い光が、ぼんやりと部屋を照らしている。

オレンジジュースが飲みたくなって、階下のキッチンに行くことにした。廊下に出た。家じゅうが暗く、静まり返っている。不意に階段のあたりから、五歳の男の子の姿がくっきりとあらわれた。チーターのぬいぐるみを小脇に抱えて、階段を一段いちだんよじのぼってくる。すれ違いざま、その子は僕を見て、にっこり笑った。それから僕らの部屋に入っていった。僕はなにごともなかったふりをして、忍び足で下へおりていった。

キッチンの入口で、僕はしばらく立ちつくした。ジョヴァンニがウインナーを咽に詰まらせて窒息しかかったときの恐怖がこだまとなって響きわたるのを感じた。オレンジジュースを出そうと思って冷蔵庫の扉を開けると、笑い声が飛び出してきた。我が家では、いつも食事が笑顔を運んできてくれた。椅子たちは、僕らきょうだいがまだ小さかった頃のエピソードを語っている。リビングからはお祖父ちゃんとお祖母ちゃんの話し声が聞こえてくる。地下室からは、初めてのオリジナル曲、「リトル・ジョン」のメロディーが流れ、ジョヴァンニのことをブルーネとスカーに知られたらどうしようという恐怖心と、その後、二人がジョヴァンニと出会ったあとの安堵感がよみがえってきた。電話機はアリアンナのことを思い出させ、空気中に彼女の匂いがただよう。胸を締めつけられるような痛みを感じたけれど、僕は幸せだった。

部屋に戻って、ふたたび編集作業に没頭した。BGMを調整し、タイトルを決める。

「ザ・シンプル・インタビュー」

ふたたび時計を見たときには、すでに朝の四時だった。でもちっとも眠くなかった。じわじわとこみあげる満足感が、眠気を追いはらってくれた。ようやく動画が完成した。これ以上は望めないという出来栄えで、少しでも余分に手を加えたら、完成度が下がってしまう恐れがあった。クリックさえすれば、YouTube にアップできる。

そのとき、ジョヴァンニの声がした。振り向くと、眠っている。

ジャコモ……ジャコモ……。弟の声が僕を呼ぶ。

ジョヴァンニかい？

そうさ、決まってるだろ。

子どもの頃、「みんなの言ってること、ぜんぶわかるよ。ボクのこと、どんどん話してよ。肝心なのは話すことなんだ」と、ベッドの上から僕に語りかけてきたのとおなじ声だった。

どうしたの？

心配しないで。

心配なんかしてないさ。

兄さんが力を必要としているとき、ボクがいつもそばにいるからね。知ってるでしょ？　ボクは力持ちなんだ。ボクの分だけじゃなくて、兄さんの分の力も持ってる。

ああ、知ってるよ。

……。

ジョヴァンニ……。

なあに？

ありがとな。

ジョヴァンニの返事はなかった。布団の下で足を動かし、眠りながらにっこり笑っている。

僕は部屋の中を見まわした。最近、僕らの部屋には変化がみられた。バンドのポスターが所狭しと貼ってある僕のスペースと、恐竜だらけのジョヴァンニのスペースという明確な区分がなくなっていたのだ。僕のサイドテーブルに恐竜が置かれていたり、弟のベッドの横にアンソニー・キーディスのポスターが貼ってあったりする。本はごちゃまぜだし、ジョヴァンニからもらったトレーディングカードやら、僕があげたシールやらがあちこちに置いてある。僕の音楽CDのあいだには、童話の朗読CDが何枚もまじっていた。

ふと、コルクボードに貼ってあった一枚の写真に目がとまった。古い家族写真で、父さんと母さん、アリーチェとキアラと僕の五人が写っている。その隣に、顔がまんまるで、耳から耳まで届きそうなスマイルを浮かべた男の子が、単純な線で描かれている。肩にはスーパーマンのマント。僕がこの絵を写真に描きこんでから、十二年の歳月が経っていた。

僕は机の上のペン立てからフェルトペンを取り出して、男の子のスマイルとおなじスマイルを、僕の顔とアリーチェの顔とキアラの顔と両親の顔にそれぞれ描きこんだ。

よしと。これで動画をアップできる。

それから数日後、思ってもみなかったことが起こった。大勢の人が、「ザ・シンプル・インタビュー」を見てくれたのだ。それも、イタリアだけでなく、世界じゅうの人たちが。そして、ジョヴァンニの顔写真がイタリア各紙の一面を飾ることになった。

でも、僕はたいして驚かなかった。なんといってもジョヴァンニは、スーパーヒーローなのだから。

謝辞

なによりもまず、ファビオ・ジェーダに、心からだけじゃなく、お腹からも頭からも、とにかく全身で、ありがとうと言いたいです。僕の個人教師(チューター)をしてくれ、本書をまとめるのにふさわしい方法やスタイル、そして言葉を探る作業を通して、まるでソクラテスのように僕を導いてくれました。ファビオがいなかったら、下絵だけは完成したものの、色もグラデーションも光の効果もまったくない絵画のようになっていたと思います。彼は、僕の物語にそういったものを見出(みいだ)してくれました。とりわけ、「刻銘(エゼルゴ)」という言葉の存在を教えてくれたことに感謝します。もはや忘れ去られつつあるこの言葉は、世の中や、人類の日々の営みを理解するうえで欠かせないものです。いまでは、ファビオは僕の友だちです。

編集を担当してくれたフランチェスコ・コロンボにも感謝します。人は誰しも、心の内に信じられないような世界を持っていて、たとえ僕が強盗や殺人を犯していなくても（高校で、忘れ物の衣類を何度か失敬したことは別として）、いかに僕の物語がシンプルなものであっても、唯一無二の存在価値があるということを教えてくれました。ここ一年、フランチェスコはしょっちゅう電話をかけてきては、学校でなにがあったかとか、カステルフランコの天気はどうかとか、そんなたわいもない話をはじめ、僕がすっかりリラックスしたところで、いきなり話題を変え、「それで、本のほうはどんな具合?」と不意打ちをかけるのでした。僕は面食らいながらも、そのたびに、執筆が遅れていることに対するいかにも「本当らしい」言い訳をひねり出すことをやめませんでした。まるで遅刻の口実をでっちあげるのはお手のものの高校生のように。いまでは、フランチェスコも僕の友だちです。

両親にも感謝します。なにより、本書の紛れもない主人公であるジョーをこの世に生み出してくれたことに。そして、たとえ本があまり売れなくて、ジョーがこれまで生きてきた十三年間のあいだに家計が被った打撃を埋め合わせることができなかったとしても、そんなのはたいした問題じゃなくて、いままでどおり彼を愛し続けるだろうと請け合ってくれたことに。両親のおかげでいま僕が手にできているものは、弟のほかにもたくさんあるけれど、それを逐一ここで感謝しなければならないとしたら、物語のほうが単なるイントロになってしまうのでやめておきます。

僕の人生や弟の人生において、友人たちの存在がいかに大きいかということも、ここに記しておきたいと思います。この本のなかで語りきれなかった友人も大勢いますが、僕らのことを大事に思ってくれるみんなの支えがなかったら、動画をアップすることも、ましてや本を出版することもなかったと思います。ここでみんなの名前を挙げることはしません。僕は根っからのおっちょこちょいだから、きっと誰かの名前を書き忘れてしまい、さらに困ったことになるのが目に見えているからです。いずれにしても、この文章を読んで、自分の話かもと思い、左の肺の上のあたりに軽い緊張感を覚えた人は、このページの最後に自分の名前を書き込んでおいてください。

そして、いつも近くでジョーを見守ってくれた人たち、見守ってくれている人たち、これからも見守ってくれるであろう人たちに深く感謝します。先生方やクラスメートのみんなをはじめ、ジョーの持つエネルギーに巻きこまれて燃えあがり、雨の日にはやさしくジョーをおおってくれたすべての人たち。ジョーがありのままのジョーでいられるのは、皆さんのおかげです。

でも、ジョーには謝辞を贈りません。すでにジョーのことは本のなかでじゅうぶん語りつくしたので、そろそろ別のことについて考えはじめるべき時だと思っています。たとえば彼女のこととか、どこの大学へ進むべきかとか、コンサートやパーティ、あるいは仕事のこと……。いつまでもポテトチップスとコカ・コーラで生きていくわけにもいきません。弟はそれを望んでいるようですが……。だけど、弟のたっての願いで、恐竜——正確にはT-レックス——のイラストを最後に入れておくことにします

（そうすれば、いつか弟もこの本を読んでくれるかもしれないという期待をこめて）。イラストからは判断できない人もいるだろうと思うので、念のため記しておきますが、ジョーの解説によると、これは非常にめずらしい——おそらく唯一かも——、草食のT－レックスの個体だそうです。

恐竜について書かれた本である以上、恐竜の絵がひとつくらいあっても不思議はないでしょう。

訳者あとがき

本書が生まれるきっかけとなったのは、「ザ・シンプル・インタビュー」*と題された一本のショートムービーだ。ダウン症の少年が、スーツに蝶(ちょう)ネクタイ姿で、アタッシェケースを提げ、面接試験を受ける……。そんな設定のわずか五分半の映像が、多くの人の心に静かな感動をもたらした。そこには、ジョヴァンニという一人の少年の、紋切り型の一問一答ではとうてい表現しきれない魅力が凝縮されていた。二〇一五年三月二十一日、〈世界ダウン症の日〉に合わせて公開されたこのショートムービーは、予想をはるかに上回る反響を呼び、イタリアだけでなく、海外からもコメントが寄せられた。

撮影したのは、兄のジャコモ・マッツァリオール。「ジョヴァンニの持つ世界が、どれほど素晴らしく、複雑で、意表をつくものなのかを伝えるショートムービーを撮影したかった」と語る彼は、当時十八歳の現役高校生だった。なにより、映像からにじみ出てくるような眼差(まなざ)しの温かさと、豊かな感性に心を打たれ、最後に流れるメッセージがストレートに胸に刺さる。

一人ひとりの内側にかけがえのない世界がある。
自分の視点だけで他人を判断しないで。
ありのままに、素直に。
シンプルな目で真実を見極めよう。

この兄弟はいったいどんな育ち方をしたのだろうと、もっと二人のことを知りたくなってくる。この動画に目をとめて、兄ジャコモに本を書いてみないかと持ちかけた、イタリアの大手老舗(しにせ)出版社エイナウディの編集者、フランチェスコ・コロンボも、おそらくおなじ思いだったのではないだろうか。こうして、編集者とジャコモのあいだでのおよそ一年のやりとりを経て、翌二〇一六年に本書『弟は僕のヒーロー』が刊行された(原題は、「僕の弟は恐竜を追いかける——僕と、染色体が一本多いジョヴァンニの物語」)。

ジャコモは五歳のとき、以前から欲しいと思っていた弟が生まれると両親から聞かされる。しかも、その弟はどうやら「特別」らしい。特別って、どんなだろう。もしかして、スーパーヒーローかも……。そんな喜びと期待と好奇心でいっぱいの場面にはじまり、思春期につきものの迷いや悩み、自己中心的なふるまいも包み隠さず、笑いあり涙ありの弟との日常が、ありのままに綴られる。

ジャコモ＆ジョヴァンニ兄弟を優しく包んでいるのが、マッツァリオール家の人たちの深い愛情だ。読者は、兄ジャコモの鋭い観察力や素直な物言いに感心し、子どもなりに真剣に考え、悩む姿に共感し、愛嬌たっぷりの弟ジョヴァンニに魅了され、両親の器の大きさに感銘を受ける。父も母も決して出過ぎることなく、それでいていつも安心のできる存在感で二人を見守り、必要なときにすっと心の奥まで沁みる言葉を投げかけるのだ。

「人生っていうのはね、自分の思いどおりにできることもあるけれど、ありのままを受け入れるしかないこともあるの。人生も命もね、わたしたちよりはるかに雄大なものなのよ。複雑で、謎だらけで……。でもね、どんな状況においても選べることがひとつだけあるの。それは、愛すること。無条件で愛することよ」

生まれてきた弟を前にして戸惑うジャコモに、母親がやさしくそう語りかける。その言葉からは、日々の積み重ねと、そこにあるだろう計り知れない葛藤、そしてそれでも揺らぐことのないポジティブな信念が伝わってくる。本書が障害というテーマを超えて、多くのことを読者に語りかける力を持っているのは、そんなマッツァリオール家の人たちの人間としての魅力によるものなのだろう。

ジャコモは、弟ジョヴァンニについて、ある新聞のインタビューで次のように語っている。

「弟のやることすべてに、なにか魔法めいた不思議さがあって、僕はいつもそれを理解しようと追いかけている。弟の謎を解き明かそうと努力するうちに、僕たちがふだん慣れ親しんでいる以外にも、時間や空間の捉え方があることに気づくんだ。二十分が永遠に続くこともあるし、近所のスーパーに出掛けるという行為が、長い冒険旅行に思えることもある。ジョヴァンニはきっとそんなふうに感じているはずなんだ。視点を変えて、当たり前とされている事物の外殻の下をのぞいてみると、ジョヴァンニの目に映っているファンタスティックな世界が見えてくる。そうやって先入観から脱することができれば、僕らにとっても得るものがあるし、ジョヴァンニのような子とのかかわりを楽しむことができるようになる。つまり、存在そのものの素晴らしさに焦点を当てることができて、日々の困難とも笑顔で向き合えるようになるんだ。それが、恐竜が大好きで、恐竜と話までできる〝特別な〟弟が、僕に教えてくれたことさ」

ジョヴァンニ&ジャコモ兄弟がショートムービーで注目されていたこともあり、本書は、発売直後から多くの新聞・雑誌の書評やテレビ番組などでとりあげられ、イタリア国内だけで十五万部を売りあげるベストセラーとなった。版権も現時点でスペインや韓国、ドイツなどおよそ十か国に売れただけなく、映画化まで決まっているらしい。目下、二〇一八年の公開を目指して準備が進められている。

十九歳にして一躍ベストセラー作家になったジャコモが折に触れて強調するのが、この本は「ダウン症」について書いたものではなく、あくまで自分と、ジョヴァンニという名の六歳下の弟との関係について書いたものだということだ。どんなに本を読んでも、人は一人ひとり異なるから、相手との関係性はその時々で見出していくしかない。「ダウン症」だとか「障害者」などと人を言葉でカテゴライズすることは、それ以外の部分を排除してしまうことにつながるとジャコモは主張する。ジョヴァンニと僕の物語が、身近な人と人との関係を築くうえでのヒントになれば……と語るジャコモの視線の先には、誰もがそれぞれ異なる個性を持つ人間として尊重される社会の未来像がしっかりと見えているにちがいない。

「ジョヴァンニがいなくなってしまったら、僕が残念に思うこと。それは、ジョヴァンニと知り合えなかった人がいるってことだ」

本書やショートムービーのシーンからも垣間見えるように、ジョヴァンニは幼稚園も小学校も、通常の学級でみんなと一緒に学び、遊んでいる。イタリアでは、一九七〇年代という非常に早い段階から、統合教育（インクルーシブ教育）に向けた法整備が進められ、現在では幼稚園から大学まで、障害のある子どもだけを対象にした学校は基本的に廃止されているのだ。障害のある子どもの学習を保障するために、個別の能力に応じた教育プログラムが作成され、それにしたがってサポート要員や必要な態勢が整えられる仕組みになっている。ジョヴァンニの輝くような笑顔の裏には、家族や周囲の人々の支えだけでなく、そうした国を挙げての取り組みもあることを、最後に記しておきたい。いまだにインクルーシブ教育のメリットとデメリットなどと議論している日本とは雲泥の差がある。障害の有無で学びの場を分けることは、すべての子どもから、自分と異なる特徴を持つ他者と出会い、尊重し合い、助け合い、人として豊かに成長していく場を奪うことにはならないのだろうか。

＊　＊　＊

本との出会いには、いつもなにか巡りあわせのようなものがある。本書の場合、多くの書籍が並ぶネット書店のサイトを見ていたときに、まるで呼ばれたかのようにタイトルと装画に引き寄せられた。ほとんど反射的に取り寄せてみたところ、手もとに届くか届かないかの頃に、頼みもしないのにイタリアの版元から詳細な資料が送られてきた。そのタイミングの妙に、中身を読み終える前からほぼ確信し、読み終えたときには、ぜひ日本でも紹介したいと思って動きだしていた。もしかすると、ジャコモ&ジョヴァンニ兄弟の持つ力に導かれていたのかもしれない。

そんな私の思いを受けとめてくださったのが、小学館文芸編集部の皆川裕子さんだ。最初にショートムービーをご紹介した段階から、本書の可能性を信じ、どうしたらその魅力をより多くの読者に届けることができるかを真剣に考えてくださった。

そのほかにも、こうして形になるまでには、多くの方々のお力添えをいただいた。原著者との橋渡しをしてくださったタトル・モリ エイジェンシーの川地麻子さん、レジュメをまとめる手助けをしてくださった赤塚きょう子さん、ドイツ語を教えてくれた市村貴絵さん、サッカーについていつもいろいろ説明してくれる富永章史さん、訳稿を読んで、若者らしい感性から言葉遣いの助言をしてくれた、著者と同年代の珠緒さん、生きる喜びがあふれ出てきそうなカバー画を描いてくださったヨシタケシンスケさん……。

この場を借りて、改めて皆さんに心より感謝いたします。ありがとうございました。

二〇一七年　初夏　　　　　　　　　　　関口英子

＊「ザ・シンプル・インタビュー」は〔https://youtu.be/pzuW4lWxIgg〕で見ることができます。

文庫版追記

この物語が刊行されてから、七年の歳月が過ぎた。イタリア北部の小さな町、カステルフランコ・ヴェネトで暮らす普通の高校生から、一躍「ベストセラー作家」となった著者のジャコモも、いまでは二十六歳。立ち居振る舞いや言葉の端々に風格が漂う若者に成長した。なにより驚かされるのは、その卓越したコミュニケーション能力だ。ジャコモはそれを、子どもの頃から「異なる能力を持つ」弟のジョヴァンニと接し、突拍子もない質問につねに答えを見つけなければならなかったからこそ培われたものだと説明し、「ジョヴァンニを弟に持つことを皆に勧めたい」と、清々(すがすが)しく笑う。

一方、ジョヴァンニは無事に高校を卒業したそうだ。

本書の刊行後、ジャコモは自著を携えてイタリア各地の学校をまわり、同世代の若者と本音で語り合う活動をしばらく続けていた。そして、日刊紙『ラ・レプッブリカ』との協同で、ブログ「ジェネレーションZ」を立ちあげる。毎週、さまざまなトピックを決めて、「Z世代」と称されるデジタルネイティブの若者たちのアイディアや夢、情熱を聞き出し、動画や文章を用いて発信するというプロジェクトだ。

この活動を通して得た豊かな出会いは、二〇一八年、二作目の長篇小説、『サメたち〔Gli squali〕』（未邦訳）として結実する。高校最後の夏、仲間と一緒に進路に悩みつつ、卒業旅行の計画を立てていた主人公マックスが、志望校選びのお助けアプリを開発し、まったく想像もしていなかった世界に飛び込むという、Z世代の若者の成長譚だ。

同時にジャコモは、本書に魅せられ、映画化を決意した若手監督ステファノ・チパーニに乞われ、脚本の執筆チームにも加わる。二〇一九年、原作のメッセージ性と軽やかなユーモアはそのままに、青春映画の要素を若干ふくらませた映画版『弟は僕のヒーロー』が完成。イタリア映画界で最高の栄誉とされる〈ダヴィッド・ディ・ドナテッロ賞〉で〈ヤング・ダヴィッド賞〉に、〈ヨーロッパ映画賞〉で〈ヤング観客賞〉にそれぞれ選ばれるなど、若い世代からの絶大な支持と共感を得た。ヴェネツィア国際映画祭で上映された際には、監督や俳優陣にまじって、ジャコモ＆ジョヴァンニ兄弟も登壇、満場の拍手を浴びていた。

「ジョヴァンニの持つバイタリティによって、僕の人生は大きく変わりました。僕はただ、最高に恵まれた僕の人生の十九年間を、世の中に向かって発信したいと思っただけなのです。そうしたら、いつの間にか一冊の本が出来上がり、本を読んだステファノ（チパーニ監督）がうちに訪ねてきて、ジョヴァンニと意気投合し……気づいたら、ここに立っている。物語が、僕の人生を大きく超えて成長したのです」

名立たる俳優が居並ぶ大舞台で、まったく遜色なく舞台挨拶をこなすジャコモの隣には、はにかみながら兄を見あげるジョヴァンニの姿があった（映画版『弟は僕のヒーロー』は、日本でも二〇二四年初頭からの公開が決まっている）。

ジャコモはこの経験を最大限に活かし、続けてドラマシリーズの脚本の執筆に取り組む。ローマの高級住宅街、パリオリ地区で実際に起こった少女買春事件をヒントとした『ベイビー』（ネットフリックス配信）だ。ジャコモも含めた五人の若者によるチームに脚本の執筆が委ねられた同ドラマは、イタリアでは大人気のシリーズとなった。

現在は、同じチームで、二〇二四年に配信予定の新たなドラマシリーズの脚本を執筆中だという。同時に、新たな小説のアイディアも温めているそうだ。そんな自らの立ち位置を、彼はこんなふうに謙遜する。
「正直なところ、僕はまだ自分が何者なのかわかっていません。胸を張って『作家』と名乗れるようになるまでに歩むべき道のりは、まだまだ長いと思う。でも、いま、執筆活動が僕の生活において大切な時間を占めているのは確かです」
知る人ぞ知る、イタリア系アメリカ人の小説家ジョン・ファンテを敬愛し、十年後にはファンテの作品のような、美しく完璧な小説を書いていたいと夢を語るジャコモ。今後の活躍がますます楽しみな逸材だ。

今回、日本での映画の公開を機に、こうして文庫として装いを新たにしたジャコモとジョヴァンニの物語が、フットワークも軽やかに、全国津々浦々を旅し、多くの出会いに恵まれることを願ってやまない。

二〇二三年　秋　　奥武蔵にて　　関口英子

解説

岸田奈美

小学校四年生の春でした。

「今年から岸田さんの弟くんが入学します」

先生が声を張り上げました。同じ地域から通ってくる子どもたちが二百人も集められた教室の中で、わたしは誰よりも早くおしゃべりを止めたはずです。

「弟くんはダウン症です」

手と足がサーッと冷え、頭と腹がカーッと熱くなりました。おいおいおい。なに言ってくれんだ。やめんかい。頼む隕石(いんせき)よ、今すぐ落ちてこい!

「みんなで弟くんの面倒を見て、岸田さんを助けてあげましょう」

隕石が落ちない代わり、隕石級に絶望的なことを先生が言いました。

ああ、終わった!

誰とも目を合わさず、走ってひとりで家に帰りました。枝豆を茹(ゆ)でている母に抱きつき、地球が割れるかと思うほど、わんわん大泣きしました。

悔しかった。あんなに悔しいのは、はじめてでした。

なにも言えませんでした。本当はなんて言えばいいか、わからなかった。

言葉がほしかったんです。

弟のちょっとマヌケで天才的なひらめきを、文字なんて読まずともマネっこして生き抜くたくましさを、1000ピースのパズルを一瞬で解いてしまう才能を、そりゃちょっと腹立つことだってあるけど気のいいヤツだってことを、先生に証明する言葉がほしかった。

たった一瞬でもあの日に戻れるなら、わたしはこの本を、そっとランドセルの中に入れてあげます。彼はわたしを先生の前まで堂々と連れてってくれたでしょう。彼はわたしの肩をしっかり抱いて、おどけて笑いながら、ユニークな言葉にしてくれたでしょう。

「先生。弟はわたしのスーパーヒーローです」

なんていうか、もう、親友みたいに。

〝ポケットに入れて持ち歩ける親友みたいな存在〟の本に、わたしはずっと出会いたかった。願いが叶(かな)いました。これを書きながら泣けてきます。

ジョヴァンニとジャコモの物語が駐車場で始まった時から、確信しました。こりゃ信用できる物語だわと。家族になにかを打ち明けるとき、車の中ほどふさわしい場所はありません。

まわりを気にしなくていいのはもちろん、車はそれぞれの席の窓から違う景色をいくらでも眺められます。たまに同じヘンな看板を見て、話しあいが始まります。音楽を口ずさんでも、黙ってもいい。たまらなくなったら、ドアを開けて出ていくこともできます。たいていは、不機嫌でも、なんやかんやと最後まで乗ってしまいますが。車が一番いいのは、目を合わせなくても、じっくり話せるってことです。目を合わせると、泣いたり怒ったりしてしまう厄介な時が家族にはあります。

ジョヴァンニが生まれるというニュースも、ジョヴァンニが特別だというニュースも、車の中でもたらされたじゃないですか。ってことは、これは……きっと……すごい物語が始まるぞ……という予感で、心がざわざわしました。

予感は的中でした。読み進めながら最初から最後まで「そうそう、そうだよ」と何度拍手し、「よくぞ言ってくれたわ」と何度抱きしめたくなったか、わかりません。

生まれた国も違えば、年齢も違うはずの筆者ジャコモ・マッツァリオールとは、生き別れた姉弟(きょうだい)かしらと思うほどです。わたしと弟の物語も、車の中から始まったもんです。

そんな風に〝なんちゃって生き別れ〟を直感し、彼に親しみを抱いた読者は、わたしのほかに数えきれないほどいるんじゃないかと思います。

わたしがずっと感じていたのに説明できなかったことを、ジャコモが教えてくれました。

たとえば、愛する家族に障害があるとき、家族や障害を認めるのが試練なのではないということです。障害も家族も、認めようが認めまいが、最初からずっとそこにあります。

本当の試練は、自分を認めるということなんです。

自分を認めるために、愛しいものは愛しい、好きなものは好き、嫌いなものは嫌い、無理なもんは無理と、あるがまま正直になる必要があります。シンプルなのに、これがものすごく難しいんです。

ジャコモもジョヴァンニへ確かな愛しさを感じながら、ダウン症をからかうクラスメイトに怯えたり、先の見えない未来を不安に思ったりして、見えていたはずの愛しさが霞んでいきます。確かな自分の世界を持ち、自由でい続けるジョヴァンニのことが、うらやましくも腹立たしくも見え、つらく当たってしまう時期の日記には共感し、胸が痛みました。

言葉に救われることもあれば、言葉に呪われることもあります。〝ダウン症の弟を持つ兄〟を取りまく言葉は、ジャコモ自身の頭の中でも増幅して飛び交い、彼を呪ってしまいました。

そんな呪いを解くのもまた、言葉でした。

「好きにさせておこうよ。たまには台本どおりに終わらない物語があってもいいじゃない」

ジョヴァンニの登場でめちゃくちゃになった劇を見ていた、姉のキアラの言葉。

「そんな心配をするなんて、おまえは本当にバカだ」

地下室で即興の演奏をした、友人のブルーネとスカーの言葉。

ジョヴァンニと同じぐらい個性的で愛おしい人々が、ジャコモに祝福の言葉を贈ります。本人は贈ったつもりがなくて、拍子抜けするぐらいあっさりっていうのが、また良い(い)んですよ。言葉は霞(かすみ)をなぎ払い、ジャコモは少しずつ素直な目でジョヴァンニを眺めなおし、今度は自分が言葉で語るようになりました。

「だから繰り返しおなじことをしている。その好きという感情を少しでも長続きさせるために。それは、母さんが、自転車に乗れるようになったときの僕のビデオを繰り返し再生して見ているのとなんら変わりがない。それだけのことだ」

家族を尊敬する、ジャコモにしか書けない言葉です。

心をグッと摑まれ、何度も読みました。これまで世界になかった言葉が、またひとつ、わたしの世界をすばらしくしてくれた気分です。そんな言葉を自分でも見つけてみたくて、急いで日記帳を取り出した人もいるでしょう。わたしみたいに。

この物語を輝かせているのは、特別な遺伝子を持ち、特別な体験をしてきた家族の、特別な日々ではありません。誰もが生まれたときから持っているものを、すばらしく思い、時に煩わしく思い、その複雑さごと愛せるはずだと信じてもがく、ごく普通の日々です。ダウン症の弟がいてもいなくても、それができた人生は幸福だと気づきました。

幸福と書いたら、弟の部屋のすみっこに置いてある箱が浮かびます。箱の中には、〝だいじぱっぱ〟と名づけられた汚いタオルケット、出がらしのカラーペン、父の踵に敗北したレゴブロック、祖母がまちがえて買ってきたポケモンのパチモンなどが詰まっています。弟の目を盗み、ひとつずつつまんで取り出すと「なんじゃこら」の一言で終わってしまうでしょう。

楽しいガラクタも、悲しいオモチャも、ぜんぶひっくるめてあの箱は幸福そのものなんです。

ダウン症の弟のことを愛しく思う日もあれば、こんちくしょうと思う日もあるように、決して一言に要約できない人生の幸福を、思いつく限りの言葉で書いてくれたジャコモと出会えて、こんな風にお礼を書くことができて、わたしはとても嬉しいです。小学四年生の春に泣いたことを、誇らしく思うことができます。

この本が、ひとりでも多くの、だれかの親友になりますように。

（きしだ・なみ／作家）

——本書のプロフィール——

本書は、二〇一七年八月に小社より刊行された同名の単行本を文庫化したものです。原書『Mio Fratello Rincorre I Dinosauri』は二〇一六年にイタリアで刊行されています。

小学館文庫

弟は僕のヒーロー

著者　ジャコモ・マッツァリオール
訳者　関口英子

二〇二三年十二月十一日　初版第一刷発行

発行人　庄野　樹
発行所　株式会社　小学館
〒一〇一−八〇〇一
東京都千代田区一ツ橋二−三−一
電話　編集〇三−三二三〇−五七二〇
販売〇三−五二八一−三五五五
印刷所———TOPPAN株式会社

この文庫の詳しい内容はインターネットで24時間ご覧になれます。
小学館公式ホームページ　https://www.shogakukan.co.jp

ISBN978-4-09-407285-3